封印された密命

小説 大東亜戦争秘話

黒川十蔵

展転社

目次

封印された密命──小説 大東亜戦争秘話

封印された密命は真実に基づく物語である

カバーデザイン　クリエイティブ・コンセプト（松田晴夫）

序章 <small>プロローグ</small>

石原莞爾《いしはらかんじ》陸軍大佐という男

昭和三年（一九二八）冬

男がふと溜息《ためいき》を吐いた時、船はいきなり天地が逆さになるほど横に大きく傾いた。船室の中で本を読んでいた男は、咄嗟《とっさ》に目の前の机に躰ごとしがみついた。

読んでいた本はまるで虚空を舞うように飛んでいく。男は両手で机の端を握りしめながら、飛んでいった本の行方の先を見ていた。

本は分厚いにも拘らずあっという間に、虚空から船室の鉄板の扉にぶつかって止まった。すると今度は反対に船が傾きだした。男が斜めに傾いた舷窓《げんそう》を見ると、真鍮《しんちゅう》製の舷窓《げんそう》が少し開いていた。

――まずい……

そう思った瞬間に、舷窓から海水が襲ってきて船室に入った。男は床の鉄板にビスで留められている机の端を片手で握りながら、もう片方の手で舷窓を閉めた。

しばらくして先ほどの溜息以上の溜息を洩らした。

――さすが、対馬海峡だ。海が荒れたら、この五千トンもあるこの船も小舟に等しい。

厳冬の東シナ海の荒海が、デッキに押し寄せてきていた門司と釜山を結ぶ定期連絡船の中に男はいた。

舷窓から外海を見ると、まるで大蛇が口を大きく開いて、連絡船に襲いかかってきているようだ。視界いっぱいに、昼間にも関わらず黒い海に白波の三角波が広がっている。はるか水平線の彼方には、天空を引き裂くような稲光が、バリバリと凄まじい雷音を伴って光っている。

海に広がる空は、日中にも関わらず漆黒の闇を引き寄せる黒い雲に覆われている。海の底から地獄の扉を開いたかのような轟音を伴って、男の耳に届いていた。

男は茶色の国防色の服に紺色の胸章をつけて、星三つの肩章を着けた陸軍歩兵大佐の軍服に身を包んだ石原莞爾である。

身体つきは小柄だがエラが張った精悍《せいかん》な顔つきで、背筋をびしりと伸ばした石原莞爾は、個室になっている一等客室の中で、本を片手にもの思いに更けていた。

今回の出張は陸軍研修要員としてドイツ留学から帰ってすぐに、南満洲の関東軍作戦主任参謀へ赴任するためである。

しばらくすると黒い海の先に、薄ぼんやりと黒い塊の半島が見えてきた。

「朝鮮半島だ」

石原は思わず叫んだ。

半島が近づいてきた時、改めて陸軍の帽子を被り、制服の襟を正した。

そしてプサンの湊の岸壁に接岸した連絡船のタラップを降りて、プサンの駅に向かってソウル行の列車に乗り込んだ。

列車でプサンからソウルへ、そしてソウルに何日か滞在して平壌《ぴょんやん》に行き、ここでも数日かけて平壌の街を見て廻った。

平壌にある朝鮮に駐屯している帝国陸軍の参謀の連中と会って、そして大連《だいれん》経由で満洲の新京《しんきょう》にある司令部に、赴任するためであった。

酒も煙草もやらない石原は、旅の間は本を読破して過ごしていた。

鞄《かばん》の中には、ドイツ語で書かれた戦記物の本が、はみ出すぐらい入っている。

また、満洲に赴任するまでの行程は、日本から大連までは直行の船便はあるが、あえて朝鮮経由の旅を選んだのにはわけがあった。朝鮮をこの目で見てみたかったからである。

朝鮮の土地を見たいというより、朝鮮に駐屯している日本軍の配置、規模、戦術的な移動の有無等をこの目で見ておきたかったのだ。

石原の考えていた戦略では、もしもの時には朝鮮にいる日本軍の助けが、必要と思っていたからである。

それともう一つ、大事な計画を実行するために、朝鮮銀行の本店にも足を運んでいた。

いずれ必要となる軍費を調達するための独自の紙幣の発行である。

明治四十三年、正式には大韓帝国といわれていた朝鮮国を併合して、日本が最初に作ったのが、総督府と朝鮮銀行である。

つまり、行政の機関と経済の機関を最初に設立し、軍隊を朝鮮各地に駐屯させていた。

大日本帝国陸軍では、朝鮮に駐屯している陸軍部隊を通称、朝鮮軍と呼称して、南満洲の満鉄いわゆる南満洲鉄道の警備、日本人居留民の保護を目的として、派兵している陸軍部隊を関東軍と呼称していた。

そして大連から、満洲鉄道株式会社が経営している南満洲鉄道の、時速百二十キロを誇る流線型のアジア号で新京に着いた時は夜中になっていたが、途中に石原は汽車の窓から何気なく外を見ると、白い雪平原が徐々に赤く染まりだした。

真っ赤に燃えた日輪が、沈む前の一瞬の輝きに心に動揺が走った。

——きれいだ。それになんとこの台地は広いことか。

俺はこの広大な平原が続く満洲に日本人を移住させる。土地は掃いて捨てるほどにいくらでもある。本土の猫の額ほどの土地にしがみついて生活している日本人から見ると、天国だ。その上調査してみなくてはわからないが、地下には莫大な石炭、石油が眠っていると聞いている。その地下の資源を活用できれば満洲だけでなく日本も豊かになる。

日本が日露戦争で取得した遼東《りょうとう》半島の租借権と、南満洲鉄道の経営権を守るために、満洲に一大国家を建設するぞ。

今の満洲は張学良《ちょうがくりょう》の軍閥が支配する地だ。その張学良の後ろには中華民国の蒋介石が控えている。またこのままだと、ソビエトが虎視眈々として満洲を狙っている。現にソビエト軍に編入されている朝鮮の共産党が幾度か、ソビエトと朝鮮、満洲が入り組んで混じりあっている国境地帯を荒らしている。

その上、ソビエトは東満洲の行政権を主張して占領しているが、いずれ南満洲も因縁をつけて攻めてくることは必至だ。それにしても、張学良は日本を目の敵にしている。匪賊の張学良の父である張作霖《ちょうさくりん》は、最初の頃は日本に協力的であったが、最近は牙を向けだした。そのために張作霖を、関東軍の参謀河本大作大佐が、奉天近くの皇姑站《こうこく》で殺したことを根に持っているからな。

日本が持っている権益の南満洲鉄道の横に新たに鉄道を敷設し、日本人と朝鮮人を満洲から追い出そうとしている。それから最近ではこの満洲にも共産党の八路軍《はちろぐん》が、最近頻繁に出没している。このままではソビエト、共産党の八路軍、張学良の軍閥、それから満洲各地にいる匪賊《ひぞく》が満洲を自由に闊歩するようになる。この際一気に実行するしかない。

石原は唇を噛み締めて心に誓った。

赴任してすぐに満洲全域を丹念に視察していたが、その中でも特に、ソビエトとの国境地域、そして反対側の中華民国との国境地域を、精力的に見て廻っていた。

そして昭和六年、石原莞爾と意見の合う板垣征四郎《いたがきせいしろう》が、参謀長として赴任してきた。

時を同じくして、石原の見込み通り張学良が、蔣介石の国民党政府と合流して、露骨に南満洲鉄道に対して干渉を強化していた。南満洲鉄道に沿って、新たな線路を引くことであった。そのため計画した満洲占領計画を実行させることにした。

ある日、白髪頭の板垣征四郎が、石原を自分の部屋に呼んだ。

板垣征四郎は上品な顔で煙草を吹かして、眉間《みけん》に皺《しわ》を思いっ切り寄せている。そして石原の目を射抜くように見ながら言った。

「おい石原主任参謀、本当にこの戦争に勝つ見込みがあるのか。相手は張学良の軍だけでも二十三万もの大軍だ。その上、蔣介石の国民党軍が、張学良の支援に加わると、とてつもない大軍を相手にすることになるぞ。一万五千名しかいない関東軍を全部投入しても、勝てるのか。もし負けるようなことになれば、お前も儂《わし》も命はないぞ。それでもやるのか？」

板垣征四郎は、いままでにも石原の過激な言動に、時には躊躇《ちゅうちょ》することがたびたびあったが、常に石原の言うことは理に適ったものであった。

そのために、関東軍における指示命令に関しては、石原任せにしていたが、この度の満洲占領計画に関しては、関東軍単独での計画のため、失敗したらすべての責任を負うことになる。

石原は顔を曇らせて心配な顔をしていた板垣参謀長に、笑みを浮かべて答えた。

「閣下。そのためにも奇襲作戦を行います。心配はご無用。奉天にいる張学良の本隊から攻撃して、張学良の軍の士気を落とすことを考えれば勝てます。万が一、うまくいかない場合は、援軍として朝鮮軍を動かします。また奇襲を行うに当たっては、大儀名分が要りますので、その手配も済ませたところであります」

石原の自信に満ちた言葉と口調に板垣征四郎は、黙ってしまった。しかし一抹の不安は感じている顔をしていた。

――この男はどこからそんな自信が出てくるのか。

板垣征四郎の不安が抜けない顔を尻目に、石原は絶対の勝利を確信していた。

――張学良の軍勢は、匪賊《ひぞく》を寄せ集めた軍勢だ。精鋭を誇る我が関東軍の比ではない。

そして、満洲の虎石台《こせきだい》に駐屯する独立守備隊の一小隊に謀略工作の指示をした。

昭和六年（一九三一）九月十八日夜間十時二十分、奉天《ほうてん》北方約七．五㎞の柳条湖《りゅうじょうこ》の南満洲鉄道線路上で爆発が起き、線路が破壊された。

損害は微々たるものであったが、関東軍はこれを張学良軍による破壊工作と断定し、ただちに中華民国東北地方の占領行動に移った。それからわずか五ヶ月あまりで満洲全域を関東軍の支配地とした。そのため朝鮮に駐屯している陸軍には、出動の要請は関東軍からはなかった。

関東軍が満洲全土を掌握《しょうあく》した時に、板垣征四郎は、得意満々の顔を見せていた石原に、向かって声をかけた。

「心配していたが、取り越し苦労であったな」

石原は次に満洲国の独立を模索していたが、石原の主義は満洲国に移住する日本人、朝鮮人は国籍を離脱して、柔然として満洲国籍に移行し、真の独立国家として国家の経営を行う事であったが、石原の考えを理解している者は皆無であった。

陸軍上層部内では満洲を植民地にして、中国への拠点にしようと考えていた者と、反対に無謀な戦いに恐れをなしている者であった。

そして、無謀な大陸での戦いに恐れを為していたのが、当時の陸軍参謀本部であった。

そのために石原の独断行動に、不審を抱いて事変の拡大を拒む陸軍参謀本部から、仙台の歩兵第四連隊の連隊長に赴任するように辞令が下された。

——この俺を満洲から遠ざけるつもりだな。まあー良いわ、いずれ俺を必要とする時がくる。

しかしその後すぐに陸軍参謀本部に転勤となった。

その理由は陸軍上層部内の争いが、頂点に達していたからである。

昭和十一年当時の陸軍上層部内では、皇道派と統制派の路線争いがあった。

そのため、どちらの派閥にも属していない石原が、参謀本部作戦部長として呼ばれたのである。

陸軍皇道派の若手将校たちの動きは、石原の耳にも入っていたが、遂に皇道派の若手将校率いる部隊が決起した。

いわゆる世にいう二・二六事件である。

二・二六事件は、昭和十一年（一九三六）の二月二十六日から二月二十九日にわたった日に起きた。

反乱を起こした皇道派は、日本の貧困は、全て財界すなわち財閥と組んだ一部の政治家が、結託して自分たちの利益のみを追求している。すなわち腐敗した者たちであると考え、そのために農村の困窮《こんきゅう》がおきていると考えていた。

つまり、日本国民が貧しいことの悪の根源は、財閥と組んだ政治家が懐を豊やしていることであると考えていた。

対して統制派は、中国を戦争で屈服させ、対米戦争も辞さないと主張し、そのために経済も統制することで、日本の活路を見出すという主張であったが、その主役は政治家ではなく、組織を持っている陸軍が行うことが良いと考えている者たちであった。

石原は今度の皇道派の若手将校による反乱を冷静に考えていた。

――皇道派の主張は違う。そして統制派も違う。

もともと日本が貧しいのは軍備にばかり金を使うからだ。帝国の国家予算の五割が軍事費だ。国債を入れるとはるかに国家予算を超える金額になる。その軍事費が国家の重荷なっているのを誰も気がつかないのか……。しかし俺一人では陸軍、海軍の連中にいくら言っても自分たちの身を削ることはしないだろう。

そのために俺は満洲国を作ることで、日本との結びつきを強くして、経済の大共栄圏を構築して、どちらも豊かな国にすることが夢だ。

事実この年の日本国の国家予算は二十七億円、対して陸軍、海軍の軍事費は十二億円、また軍事費に関する国債発行額は二十億円であり、予算と国債を合わせれば日本の国家予算を超える軍事費となっていた。

石原は覚悟して登庁するために、徒歩で参謀本部に向かった。

東京市のすべての交通機関は青年将校の決起のためと、前夜から降り積もっていた雪の為、停まっていた。

陸軍参謀本部の建物の周りは、決起部隊がぐるりと囲み、猫一匹入れない状況であった。

「貴様どこに行くのか、止まれ。我々は昭和維新を断行した決起部隊だ。これから先は通すことはできぬ。無理やり通ろうとすれば撃つぞ」

参謀本部の前で、銃を構えた兵士たちと若い将校が、陣取っていた所に近づいてきた石原に対して恫喝した。

決起部隊の安藤輝三大尉である。

部下の兵士たちに銃を構えさせた前で、石原は安藤大尉の目を睨みながら、大声で叫んだ。

「若造黙れ。貴様は天皇陛下の兵士を、勝手に私ごとで使うとはなにごとだ。貴様は何様のつもりだ。よし……この石原を撃ちたければ、貴様が直接に俺を撃て」

言い放って、安藤大尉の目の前に体を預けた。

しかし石原の剣幕《けんまく》に驚いた安藤大尉は、一瞬、躊躇《ちゅうちょ》しながらも兵士たちに、銃を下すように命じて、両手を広げて行く先を制したが、構わずどかどかと参謀本部の中に入って行った。

すると中から今度は、同じく決起部隊の栗原中尉が出てきて、拳銃を石原に突きつけた。

石原は、栗原中尉の拳銃を横目で見ながら、歩くのを止めなかった。

そして栗原中尉の目を射抜くように睨んで、

「貴様、撃ちたければ撃てば良いぞ」

そして、にやりと笑みを浮かべて後、建物の中の廊下を、歩きを止めずに栗原中尉に向かって、またもや叫んだ。

しかし栗原中尉は、石原の堂々たる態度に驚いて、拳銃を腰のフォルダーに納めた。

栗原中尉の耳には、石原莞爾が歩く軍靴の音だけが、建物のコンクリートの床に響いていた。

この日、参謀本部に登庁したのは、石原ただ一人である。

決起した陸軍将校たちの部隊に対して戒厳令が敷かれて、戒厳《かいげん》司令部が設置された時、戒厳司令部参謀として鎮圧の先頭に立った。

若手陸軍将校に率いられた将兵千四百八十三名が、昭和維新を叫んで、政府要人を殺害した事件である。

しかし、この反乱は直ちに鎮圧された。鎮圧によって皇道派は全滅となり、統制派は、関東軍参謀長の東條條英機を筆頭に、陸軍憲兵隊を含め陸軍内部を、掌握して権勢をほしいままにしていた。

石原は鎮圧《ちんあつ》の職務を全うした時に思っていた。

――陸軍は皇道派がいなくなると、これで東條英機を筆頭にした統制派の天下だな。

それから石原は二・二六事件が落ち着いた後、満洲に飛んだ。

昭和十一年（一九三六）冬

現地の関東軍が満洲との境界を越えて、独断で華北に侵攻したという情報が、入ったからである。

陸軍参謀本部作戦部長として現地の関東軍に、華北進攻を取りやめるように説得に向かったのだが、現地軍の参謀たちは、石原を馬鹿にしたような含み笑いを浮かべて、口答えをした。

「石原閣下から、そのお言葉を聞くことはないと思っていました。閣下が以前満洲で行ったことを唯真似ただけです」

と冷たく突き放された。

石原は顔を真っ赤にして、

「馬鹿もん。お前たちは泥沼に足を入れてしまっているぞ」

しかし石原の立場では現地軍の独走を防止することはできなかった。

石原は、

――満洲の占有と華北への侵攻は違う。満洲はソビエトの南下を防止するためと日本人の生きる道を満洲に求めたのであって、限りなく広い中国と一戦を交えるなど……。無策のまま中国と戦争を始めると泥沼にハマって大変なことになる。しまいには、満洲も失う事になる恐れがある。この際、日本軍は満洲に引きさがり近衛首相と蔣介石が会談して、日中不戦条約を結ぶしかない。その会議にはこの石原が同行する。

しかし石原の案は、最初は石原の策に同意していた近衛文麿《このえふみまろ》首相であったが、陸軍の強硬派、特に統制派の強い反対意見に押されて拒絶された。

石原はこの近衛文麿首相の態度に、嘆いていた。

――近衛みたいな軟弱で気の小さい、そして優柔不断な男が総理大臣では…日本は取り返しのつかない禍根を残す。

昭和十二年（一九三七）九月

そしてふたたび、陸軍少将となって関東軍の参謀副長として新京に赴任したのである。

この年に、日中全面戦争のきっかけとなった盧溝橋事件での、不拡大方針を叫んでいた石原の陸軍参謀本部からの事実上の追放であった。

そして、関東軍参謀長として赴任していた東條英機と、徹底的に対立したのであった。

東條英機は、満洲国を日本が支配する傀儡政権の政策を打ち出し、石原は日本と一線を引いた完全な独立を保つ政策を進めていた。

それと東條は中国との戦争拡大を進めていたが、石原は不拡大の方針を曲げず対立したのである。

ある日、石原の副官の一人が、恐る恐る聞いてきた。

「石原閣下は、なぜ東條参謀長に対して、上等兵と呼ばれるのでありますか？」

すると、アホかというように顎を上げてから、そして突き出して苦々しい顔つきで、

「奴は、上等兵の価値観、世界観しか持っていない、到底、参謀長の器ではないわ」

と、唇を曲げて掃き捨てるように言った。

関東軍の参謀本部の会議での中でも東條英機の目の前で、東條英機を呼ぶ場合は上等兵と呼んでいた。

上等兵と呼ばれるたびに、東條は苦虫を噛んだ顔をして石原を睨んでいた。

石原と東條の対立の結果は、ことごとく石原のいうことは無視されていた。

そのために石原は陸軍参謀本部の旧知の一人の陸軍大佐に電文を打った。

「今度、東京に帰ったら一度会って話がしたい」

そしてついに昭和十三年一月、近衛文麿首相は、蔣介石率いる国民党政府に対して大日本帝国は、国民党政府を相手にせずとした声明を発表した。

こうして日本は中国との泥沼の戦争に突入した。

第一話

金塊をニューヨークまで無事に届けよ

陸軍中野学校生　平本祥大《しょうた》陸軍少尉

横浜正金銀行員　黒木《くろき》翔《しょう》

横浜正金銀行

（一）

昭和十三年（一九三八）二月の旧正月を過ぎた二十三日の事である。

平本祥大《しょうた》陸軍少尉はかなり伸びた前髪を、手のひらで額《ひたい》からやさしく撫《な》ぜながら、整えた。

鏡の前で引き締まった顔に気合を入れるように、緊張した頬《ほお》をぴしゃりと叩いた。

その後、眼鏡をかけて腹に力を入れる。ネクタイをシャツの首筋に巻いて、片手で首元をギューと絞めた。

三年ほど前から借りている六畳一間の部屋に、据え付けられていた鏡の前で身支度をした。

背広を着ている時に、何気なく一階の離れの自分の部屋から、曇りガラス越しに外を見ると、空《から》ッ風《かぜ》が舞っている。

——寒そうだ。いよいよ初任務だ。長い訓練だった。

長く神経をすり減した訓練の日々の想いが、脳裏を横切る。

背広の上から羅紗《らしゃ》の外套《がいとう》を羽織った。渋谷にある教師を引退した夫婦の住んでいる一軒家の玄関を、真新しい革靴を履いて出た。

家を出た途端に、砂塵《さじん》が舞った。思わず身震いをして外套の襟《えり》を立てた。小雪が少しばかり降っている。小雪が風に乗って頬《ほほ》に突き刺さる。

三年前に広島県福山市にある歩兵四十一連隊の駐屯地から、東京に転属になって訓練に明け暮れた日々を思い起こしながら歩いた。

訓練は軍人としては、軍人を否定する訓練のまったくの未経験の訓練であった。この頃は軍人としての匂いが、自分でも消えていると思うようになっていた。

木造の平屋が広がる住宅地の外れの街路樹の並木は、ほとんどの木々には葉っぱは落ちて、寒々として幹と枝だけの、白骨死体が道の両端に綺麗に並んでいる白骨街道のようだ。

山手線の渋谷駅を目指した。間借りしている家から渋谷駅までは、歩いて二十分ほどの距離である。

歩きながら道の傍に広がっている住宅を見ながら、関東大震災から十六年しか過ぎていないためか、住宅地に広がる家は真新しいことに気がついた。

大正十二年（一九二三）九月一日に関東全域を大震災が襲った。被害者は死者行方不明者十万人、家の全壊が十万九千余棟、全焼が二十一万二千余棟、日本の首都を襲った大震災であった。

首都のほとんどの家が震災で焼かれたか、なぎ倒されて街のすべてが壊滅《かいめつ》していたためか、新築されたどの家も平屋だ。二階建ての家は皆無だ。

平本少尉は今日の東京の冬景色を肌で感じながら、二年前の二・二六事件の時のことを思い出した。

あの時には東京だけではなく全国的に一面銀世界になった。その時の雪ほどではないが、今年の冬も寒い。それに何日も寒さが続いている。寒々とした木々が、余計に寒さを感じさせている。

並木を見ながら平本少尉は、今日の任務の事を思ったと同時に、ある事件からの自分の身の経緯を思い出していた。

ある事件とは、陸軍内部で権勢を誇っていた陸軍統制派の永田鉄山《ながたてつざん》陸軍軍務局長を、皇道派の福山歩兵四十一連隊の相沢《あいざわ》陸軍中佐が斬殺《ざんさつ》した煽《あお》りで、相沢陸軍中佐の所属していた福山歩兵四十一連隊の若手将校たちは、満洲への移動を命じられた。

そのうえ満洲の国境付近に分散させられようとしていた。

平本少尉もそのうちの一人である。そのことを心配した四十一連隊長の樋口季一郎からの頼みを聞いたのが、広島県福山市の出身である影佐《かげさ》陸軍大佐であった。そして影佐の部下であった岩畔《いわくろ》陸軍中佐が預かることになった。

平本少尉は歩きながら、手に下げていた鞄《かばん》が気になった。鞄の中には自動拳銃が一丁入っている。それと赤いスタンプの極秘の標が、押された書類が一つである。

人は相変わらず多い。駅に近づくにつれて人が増えていた。人ごみに混じって駅のホームに着くと、電車待ちの通勤の者たちが、帽子を深く被りながら、寒さに震えて佇んでいる。

寒さで体が冷えているのかしきりに脚を動かしている。時間を気にしているのか、何度も懐中時計をズボンのポケットから取り出して見ている者もいる。しばらくすると電車が小雪をまき散らしながら、ホームに滑るように入ってきた。

山手線の渋谷の駅から品川駅まで電車で行って、東海道線に乗り継いだ。横浜駅に着いた時には、午後近くになっていた。冬空の透き通った青空が広がっている。その澄み切った青空から白い小雪が降りこんでいる。その上に昼近くの時間になっても、頬を冷気が刺すように痛い。吐く息も白い。

電車の車内では、足元には管が敷かれている。その管の中を蒸気が通っているため、木製の長椅子に座っていると、足元は幾分かの暖かさは感じた。しかし車内を一歩出ると、乾いた冬の空気が体を引き裂くように、襲いかかってくる。躰を温めるために脚を前に急いだ。

横浜駅を出ると、目の前には広場がある。その広場の先に大理石でできた地上三十メートルはあるだろう白亜の建物が聳《そび》えるようにあった。横浜も東京と一緒で周りは平屋の木造の家ばかりであるためか、際立って目立っている。

建物の入り口には石の階段がある。その石の階段を駆け足で上がって、重厚な木枠で囲まれた硝子の回転扉を開けた。建物の中に脚を入れた。建物の中に入る時に、ちらっと横目で見ると、大理石の壁には横浜正金《よこはましょうきん》銀行本店と書いてある金文字のプレートが貼り付けてあった。

――間違いない……ここだ。

平本少尉は、建物の中に入って見回すと、幾人かのお客とカウンター越しには、銀行員がそれぞれに机に向かって仕事をしている。カウンターには和服の女性が座って、お客と話をしている。ほとんどの銀行の女性は、地味な着物を着て髪は短めで、今はやりのパーマをかけている者は皆無である。近年の贅沢禁止の風潮が浸透しているようだ。

ほかの銀行みたいにあまりお客は多くない。ざわざわとした感じはなく、まことに人を寄せつけない冷たさを伴っているように思えた。そして外国為替の専門銀行なのだろうか、人があまりいない。そのためか広い建物の中が、余計に寒々として感じた。しかし乾いた空気は相変わらずであったが、風がないためか幾分かは外気よりは暖かく感じた。

横浜正金銀行本店のロビーは、ただただ広い。広さは、おおよそ五百坪はあろうか。まことに広い。そして、威厳《いげん》を誇示すのかのように大理石の石壁と床が、ピカピカに磨かれている。余計に人の温もりが感じられず、氷の宮殿のように思えた。歩く時の足音がカッカっと響いている。

——さすがに日本を代表する銀行だ。威厳はある。しかし人の温もりが感じられぬ……平本の感じた第一印象である。

あたりを見回していると、守衛らしい黒の帽子を被り、黒の縦襟《たてえり》の制服を着ている者が、近寄ってきたので声をかけた。

尋ねるのにはちょうど良いと思って、

「陸軍参謀本部の平本陸軍少尉だが、頭取室はどこか？」

　すると背広姿の平本を見て、厳つい顔の守衛は怪訝な顔をした。長髪と軍服姿でないためだろう。自分が軍人らしくないために疑っているのだろうと予想はしていた。その方が訓練の成果を計るのには都合がよい。守衛は元警察官か元軍人のようだ。

　陸軍の軍人は、すべて丸坊主である。そのためか首を少し傾けた。

「本当に陸軍の方ですか？」

　守衛の畳みかけるような問いかけには、言葉では答えず頷いて答えた。

　すると、ちょっとお待ちくださいと言って、走るように問い合わせをするためか、カウンターの端を潜って行内に消えた。

　しばらくすると、背広姿の自分と同年輩ぐらいの男が、守衛と一緒に現れた。その顔は引き攣《つ》っている。幼顔の男が近づいてきた。髪は綺麗に櫛を通しているのだろう七三に分けている。身長は自分より少し高い。傍まで近づいて声をかけてきた。

「平本陸軍少尉ですか？」

　守衛から聞いたのだろうか、それとも上役の岩畔陸軍中佐から事前に聞いていたのだろうか、引き攣った顔に無理やり笑顔をつくっているように見えた。

　男に向かって言った。

「そうです、命令を受けて来ました」

男は平本に頷いて、自分の名前を名乗った。

「私は頭取秘書の黒木翔《くろきしょう》と申します。ではこちらへ……」

黒木は平本を案内ように、少し前屈みで行内の奥に向かって歩き出した。

守衛は疑ったのを恥じるように、俯き加減で佇んで見送るような態度でいた。

平本は続いて行内の奥にある階段に足を乗せた。階段は黒光りする木の手摺《てすり》が続いている。壁に沿って二階に上がった。そして、赤い絨毯《じゅうたん》が敷いてある長廊下を歩いて行くと、廊下の先には大理石の壁が、威圧するように立ち塞がっていた。その前の重苦しいような一枚物の木でできた扉を、黒木が開けて入って行った。平本も続いた。

扉の奥には、幾人かの銀行員がいた。机に座って何か書き物をしている。なかには算盤を弾《はじ》いている者もいた。

黒木は、その者たちには目もくれず更に奥にある扉を開いた。平本が目にしたのは絨毯が床いっぱいに敷いてあった部屋である。

――どうも先ほどの部屋は頭取の秘書たちがいる秘書室のようだ。そして奥の部屋は頭取室のようだ。

頭取室に入ると、黒木が深々礼をした。

続いて平本は中に入った
頭取室は、五十坪はあるだろう。二階の角部屋の一等地を支配しているように思えた。

その上、頭取室には床一面に重厚な赤い絨毯《じゅうたん》が敷かれ、その上を歩くと靴が深く沈むぐらいふかふかであった。

ガラス窓に目をやると、水滴がガラスを襲ってきていた。外は小雪が舞うように、白く靄がかかっている。降り注ぐ小雪がガラスに当たると水滴になっている。

扉からかなり離れた壁際の机に、一人の男が顔を上げて見た。

黒縁のメガネがよく似合う白髪の毅然とした風格の男は、背もたれに座り直して背中を伸ばした。しかし顔は引き攣っている。緊張しているように見えた。

黒木がその男に近づきながら、声を出した。

「頭取、お着きになられました。陸軍参謀本部の平本陸軍少尉殿でございます」

すると男は立ち上がり、手を差し伸べて机のわきにある応接椅子に、座るように誘った。

そして、大きな息を吐いた。

「これは……これは……ご苦労様です」

男は、険しい顔を少しばかり緩ませて言った。

声色は平本が訪ねたことに安堵したようであった。

「陸軍参謀本部第八課の平本陸軍少尉であります」

頭取に向かって、挨拶をした。軍人の敬礼ではなく、また腰を斜めに直角にした姿勢での挨拶ではなく、ごく普通の会社員がおこなう挨拶をした。

頭取と呼ばれた男は、大久保利賢《としかた》である。大久保利賢は、明治三十六年に帝国大学の法科学科を卒業後、横浜正金銀行に入行し、若くしてロンドン支店の副支配人等を、皮切りに世界各国の支店を経歴して頭取になったエリート中のエリートである。

平本が訪ねた横浜正金銀行は、日本で唯一の外国為替《かわせ》を取り扱う銀行である。

日本の企業が貿易を行い決済する場合は、横浜正金銀行が一手に引き受けていた。

横浜正金銀行は本店を、神奈川県の横浜に置き、日本国内では、北海道の札幌、小樽、東京の丸の内、松本、名古屋、大阪、神戸、門司、下関、福岡、長崎に支店を出していた。

また、中国本土では大連、奉天、ハルピン、香港　青島、天津、南京、北京に支店を設けていた。そして、海外の内、米国にはハワイのホノルル、サンフランシスコ、ニューヨーク、シアトルに置き、ヨーロッパにはロンドン、パリ、ベルリン、ハンブルク、リヨンでアジアにはバンコック、サイゴン、マニラ、ラングーン、ハノイ、カルカッタ、ポンペイ、シンガポール、ジャカルタ、そしてソビエトのウラジオストック、オーストラリアのシドニー等世界中の都市に支店網を張り巡らせていた。

日本が外国との貿易をおこなう場合の為替決済は、すべて横浜正金銀行が取り仕切っていた。

大久保利賢が先に応接椅子に座った。平本はその対面に鞄を脇に置いて座った。秘書の黒木は大久保の脇に立っている。

「早速ではありますが、お越しいただいた訳はご存じですか？」

大久保利賢が畳みかけるように、そしてせっかちな口調で言った。

平本は、頭取の焦る気持ちは理解していた。それだけ急を要することなのだろう……そして重要なことがこれから起きることも……

「はい、上官の岩畔中佐、それに課長の影佐大佐から直接命令を受けた際に、詳しく聞いています」

大久保利賢からの問いかけに答えて、平本は隣に置いた鞄から一通のマル秘書類が入っている大きめの封筒を出して、机の上に静かに置いた。

「ここに命令書があります」

ちらっと大久保利賢はその封筒を見て言った。

「そうですか。では実行日は、本日から二日後の早朝に行います……」

答えた大久保利賢は、口を一文字にして、平本が机の上に置いた命令書を黙って見ていた。

「詳しくは、この黒木がお話します……米国のニューヨークまではこの黒木も同行します」

大久保利賢はそれだけを言って黒木の顔を見上げた。黒木も険しい顔をして頷いた。

ここにいる三人は、これからおこることの重大さを理解している。平本も思わず息を呑んだ。

するとと黒木がこれから行おうとしている段取りを話した。

「では、明後日の銀行が開く時間の前の早朝六時にお越しください……梱包する資材と輸出に必要な書類はすべてその時までには用意しておきます。梱包に少しばかり時間がかかると思われますので、船への積み込みはその日の夜間か、もしくは次の日の早朝になるかもしれません」

黒木が事務的な口調で淡々と言った。平本は黙って聞いていた。

一通り黒木が話したその日の段取りを聞いて、確かめるように静かに言った。

「では、当日の朝、こちらに私を含めて五名、それに上官の岩畔中佐も参りますので、全員では六名でお伺いします。全員背広姿の者たちです……当日は、梱包をお手伝いいたします。全員米国への旅券も持参しますので」

そう言って佇んでいる黒木の顔を見上げた。

そして平本は二人に笑顔を見せて椅子から立ち上がった。

「では、二日後に」

大久保利賢も立ち上がり、黒木と同様に笑顔を返した。

その後二人を後に平本は、本店の玄関を出た。外では小雪が吹雪になっていた。

まるで嵐のように地響きの音を出しながら、白い煙が渦を巻いている。外套の襟を立てて、直属の上官である第八課の作戦主任である岩畔豪雄《ひでお》陸軍中佐と、第八課の課長である影佐禎《さだ》昭《あき》陸軍大佐に、今日の打ち合わせの報告のために、東京市ヶ谷の陸軍省の隣にある参謀本部に向かうために横浜駅に向かった。

（三）

平本が立ち去った後、頭取室を出た黒木は、ほんの数日前のことを思い出した。そして、思い出したと同時に大きなため息をついた。

この日の本店の店舗営業は終了して、銀行の正面玄関のシャッターは降りてはいた。しかし行内の業務処理がまだ終わっていない午後七時過ぎの事だ。

黒木は二階にある頭取室の窓から通りを見ていると、外は吹雪が舞い上がっていて、通りの街路灯が、吹き込んでいる雪に映されて、薄ぼんやりとみかん色に灯っていたのが見えた。目を凝らして見ると吹雪のためか、街路には人が疎らにしか歩いていない。

まるで無人の街のように、街全体が漆黒の闇で覆われて、いかにも頭取室の重苦しい空気と交わって、寒々として空気が支配していた。

頭取室には、秘書の黒木と大久保利賢としかいない。

夕刻になると陽が落ちて外の冷気が、真面《まとも》にドアーの隙間や石造りの壁を通して、入り込んできている。二人とも足の先から凍るような冷気が、体全体に浸透してきていたが、堪えていた。

しきりに黒木は、手のひらを互いの手で擦って、摩擦熱を少しでもため込むような仕草をした。

そこに扉が開いて、外貨決済担当役員の近藤紀夫《こんどうのりお》が青ざめた顔をして入って来て、手に持った書類の束をテーブルの上に置いてから、直立不動の姿で大久保利賢の前に立った。

すると大久保利賢が頭取室の真中に置いてあるテーブルに置かれた書類の束を、横目で眺めながら、近藤紀夫に向かって、沈んだ声で、

「本当にこのままでは、米国外貨がなくなるのか」

近藤紀夫は外貨決済業務の担当役員であり、外国為替を含むすべての外国との決済に関する業務の最高責任者である。

問われた近藤紀夫は、しばらく黙っていたが、重たい口調で、そして乾いた声で言った。

「今のままでは、二ヶ月後の初めには、ドルが枯渇するのは目に見えております」

近藤紀夫の顔は、黒木から見ても、苦渋に満ちて、そして緊張感で強張《こわば》っていた。

近藤紀夫と大久保利賢は、横浜正金銀行に入行して以来、前代未聞の出来事がまさに始まろうとしていたのを、肌で感じていた。

――金がない。日本に一つしかない外国為替銀行に金がなくなってしまうとは。

近藤紀夫は大久保利賢より九歳年下の同じ帝国大学の法学部を卒業後、横浜正金銀行に入行していた。次の頭取候補として周辺から見られていた男である。

大久保利賢は、腕組みしながら自分の机の周りを、歩いていたが、ふと立ち止まり、ある

決意を秘めた顔をして、黒木に向かって言った。

「黒木君。結城《ゆうき》日銀総裁に明日の朝、会いたいと連絡を入れてくれないか。それからこのことは、日本の危機で避けて通れない重要なことだと伝えてくれ」

大久保利賢は心の中で、

——儂が考えていたよりは早い緊急事態だ。後は考えている秘策を、いよいよ実行せねばならぬ。

黒木は先ほどまでの部屋に立ち込めていた冷気に凍えそうになって震えていたが、二人の会話を聞いていて、寒さを感じられないほどの興奮を覚えた。そして大久保利賢の決意が伝わったのか、この部屋の重苦しく空気を破るように、はきはきとした口調で言った。

「分かりました。早速、連絡を入れます」

すぐに、早足で日銀との専用電話のある頭取秘書室に飛び込みように入った。

そして日銀に緊急で大事な用件で、頭取が総裁に会いたいとの意向を伝えて、返事を待った。しばらくしてその答えを持って再び頭取室に入った。

部屋に入ってきた黒木の安心した顔を見て、大久保利賢は悟った。首を縦に振った。

「頭取、明日の朝一番に来てくれとのことです」

今までにも増してはっきりとした口調で答えた。

黒木には大久保利賢が考えている事が分かっていた。

――しかし。いつまでもつか。所詮、日米の貿易のバランスは大きく崩れている。根本の解決策がない限り、このような事は今後も続く。それに、頭取の案は最後の手段だ。

日本にとって米国は世界の中でも、最大の貿易国である。

日本は米国に絹等を中心とした軽工業品を輸出していたが、年間輸出額は六億円に対して、米国からの輸入は石油、鉄、工作機械、で九億円にも達していた。

また日英関係においても、輸出額は六億円、英国からの輸入は八億円で、英米とも日本にとっては輸入の方が輸出よりか遥かに多くなっていた。

その上、英国からは、生ゴム、鉄鉱石、アルミニウム、鉛、亜鉛等を英国の植民地であるマレーシア、そしてカナダ、オーストラリアから工業製品の原材料を輸入していた。

つまりオランダ領インドネシアからは石油、つまり日本にとって死活問題になる様な品物は全て米国、英国領、オランダ領からの輸入であった。

言いかえれば、日本における国家の戦略商品は、すべて輸入に頼っていた。

重要な米国との貿易での決済資金である米国ドルの外貨が枯渇してきていた。

明治時代の初めに日米通商航海条約で始まった一ドル一円の交換レートが、昭和六年には一ドル二円となり、昭和十三年には一ドル四円の円安にもなっていた。

黒木は大久保利賢から折りにふれて聞いていた。

近藤紀夫が大久保利賢に向かって呟くように言った。

「輸出が少なく輸入が多い現状を考えますと、貿易収支は常に赤字となり、外貨準備金が底を着くことになり、国家としていずれ成りたたなくなるのは目に見えています。そのしわ寄せが、この横浜正金銀行に全て圧しかかっているのが現状です」

近藤紀夫は更に、

「米国は、日本に対して中国からの撤兵をしない限り、日米通商航海条約を破棄するといつも言っていますから、そうなると、どこまで円安になるのか想像もできませんし。外貨が持ちません」

と苦々しい顔で囁くように言った。

大久保利賢は近藤の言葉をただ黙って聞いていた。無言で腕を組んで目を閉じている。

黒木は近藤の言ったこともよく分かっている。中華民国の蔣介石夫人の宋美麗《そうびれい》が、日本製品の不買運動を、アメリカ議会で講演したことがきっかけで、米国への輸出が落ち込んでいる。そのために、まるで日本は追い打ちをかけられているような状況になっている。

そのことで輸出が駄目になり、円安が進行するとますます必要な物資は、手に入らなくなる。

宋美麗は、米国に中国への支援を促すため、米国の上院議会で日本の侵略を許すなとの講演を行っていたが、そのための一歩として日本製品の不買運動を、アメリカ国民にあらゆるメディアを通じて訴えていた。

大久保利賢は世界の情勢と日本を取り巻く状況を、黒木にいつも諭すように説いていた。

一夜開けた翌朝には、前夜から続いている小雪が降る中、大久保利賢は秘書の黒木を伴って日銀の本店に向かった。

黒木は車の助手席に座り、前方をまっすぐに見ている。大久保利賢は後ろの座席で腕組みをして目を閉じて考え込んでいた。この日も相変わらず小雪が舞っている。横浜の本店から国道一号線を走って、都内に入った時には、より一層に小雪が大雪になっているようだ。

車のワイパーが、まるで邪魔者を払うように忙しく左右に動いている。国道には轍ができている。雪と泥が混じった水溜りが、行く手を阻むようにあちらこちらにできていた。

黒木は入行したばかりの私でも、今の日本の立場はわかる。こんなことは、いつまでも続くはずがない。

黒木が思案していると、突然に大久保利賢が、

「君。黒木君。君は確か外事学校の出身だね」

黒木は、東京外事学校の英語科を一昨年卒業して横浜正金銀行に入行していた。

大久保利賢の問いかけに、慌てて座ったまま顔だけ後ろを向き、

「はい。そうですが。何か?」

少し大久保利賢の質問に戸惑っているような口調で答えた。

黒木の返答を聞いた大久保が少し身を乗り出して耳元に、顔を近づけて、

「では、君は、英語は達者かな？」

黒木は、少し顔を下向きにして、

「少しばかり」

と謙虚に言ったが、本人は英語力には自信を持っていて心の中では、嘘を言った。英語なんて、得意でございますと言いたかったが、言うと生意気な小僧と思われるから口に出た言葉は控えめであった。

黒木の返答を聞いて大久保は、身を乗り出していたが、聞いた後、座席に深く体を埋めるように座った。

大久保利賢は新卒で横浜正金銀行に入行してきた者の中で、きわめて優秀であると判断した新入行員は、秘書に抜擢して国際金融のイロハを自ら教育していた。

二人を乗せた黒塗りの国産ダットサンである頭取専用車が、凍り付いていた道路をタイヤが氷をかみ砕くような音を発して、日銀本店の表玄関に着いた。

日銀は日本橋区北新堀町二十一番地にある。そして敷地は千六百坪あまりである。鹿鳴館を設計したイギリス人の設計家ジョサイア・コンドルが、設計した煉瓦《れんが》造りの二階建ての重厚な建物である。また、煉瓦造りの建物の四方を高い塀で囲まれていた。

日銀の衛視が、二人の乗った車に走り寄って、二人を表玄関から、結城総裁のいる総裁室に案内した。

黒木は大久保利賢と共に、赤い絨毯が敷きしめられている長廊下を通って、総裁室に入った。

「総裁。いよいよ例の緊急事態が起こりそうです」

総裁室の椅子に座っていた結城に挨拶もなしに、大久保は顔を見るなり大声で言った。

顔は真剣そのものの顔をしていた。

大久保利賢の切羽詰まった言葉と顔の表情で結城は、理解していた。

外貨為替決済ができなくなるのではとの懸念は、以前から予想されていた。

「そうか、とうとうか…頭取。それで予想される日は？」

二人は、総裁机の前に置いてある応接椅子に対面するように座った。黒木は扉の傍に立って、二人の会話を聞いていた。

「二ヶ月先の始めです」

大久保利賢が、溜息交じりの声で答えた。

「すると猶予は、二ヶ月か」

大久保利賢は結城の言葉に、今度は無言で頭を下げていた。

「二ヶ月後に決済を間に合わせるようにするには、期間はどれぐらい必要か？」

結城が、更に大久保利賢に問うた。

「金の調達の段取りで、ほぼ一週間、船積みで二日、航海で一・五ヶ月、米国の金の市場相場価格を見ながらの取引を行う事を考えると、ぎりぎりです」

大久保利賢の額には脂汗が滲んでいた。

結城は無言でいたが、おもむろに口を開いた。

「今後の取引を考えると日銀の保有量だけでは少ないだろう。大蔵省の保有している量の金塊まで必要ではないのか？」

結城は大久保利賢に、確かめるように言った。

「おっしゃるとおりです。そうしていただくと安心であります。後は米国の金の取引市場の相場を見ながら売却をすることになりますが、綱渡りの取引になります。一気に金の売却をすると価格が安くなりますし、少しずつ売却をすることになりますが、貿易決済の時期との調整で行うようになります」

しばらく、結城は口を真一文字にして、考え込んでいたが、ゆっくりとそして静かに大久保に言った。

「では、私から近衛文麿《このえふみまろ》総理と賀屋《かや》大蔵大臣に言おう。しかし日銀も大蔵省も、横浜正金銀行への貸し付けとして処理することになるが良いか」

「分かっております。有難うございます」

頭取の大久保利賢は、結城日銀総裁に向かって、直立し深々と頭を下げた。

そして、総裁室を大久保利賢が出ようとした時、結城に向かって、

「総裁。このことは、内密に、特に米国には絶対秘して行わなければなりません。そのためには民間の船で運ぶしかありませんが、不慮の事故を考えますと……警備を専門家にお願いすることになります。総裁の方で、声をかけていただけませんでしょうか?」

大久保利賢は、安に陸軍か海軍に警備をお願いしてくれないかとの意志を結城に伝えた。

「頭取。分かりました。私の方から陸軍に、優秀な人選の上、派遣をお願いしてみましょう」

結城は懇意にしている幾人かの陸軍の者たちがいたが、一人の軍人の顔が浮かんでいた。


総裁室の扉を開けて廊下に出ると同時に大久保利賢が黒木に一息ついたように言った。

「上手く行った。後は無事にニューヨークの我が銀行の支店まで届ければ良い」

黒木は大久保利賢の肩の荷を下ろした言葉に頷きながらも、

——しかし、この処置がうまくいっても時間の問題だ。限りなく金塊が日本にあるわけがない。そうなると……その上、万が一にも途中でなにか問題が発生して、ニューヨークに金塊が届かない時には、そのようなことにならねばよいが……大量の金塊だ。

二人は、玄関に停まっていた車に乗り込み、本店まで車を急がせた。一抹の不安を胸に抱いて、当面の問題はこれで回避できると踏んでいた。


大久保利賢が総裁室を出るのを見送って、すぐに結城は電話を取った。

「首相官邸に繋いでくれ」

と強い様子で電話交換手に言った。

結城は総理官邸にいた近衛文麿と話を行い、続いて大蔵省の賀屋興宣に電話を入れて、大久保からの要請を伝えた。

この時の近衛文麿内閣は、第一次近衛内閣であった。

第一次近衛文麿内閣の大蔵大臣であった賀屋興宣は、帝国大学を卒業後、大蔵省に入省してから主計局一筋に、国家の予算策定に携わっていた官僚出身の大臣であったが、今回の緊急事態を、何とか乗り切らねばとの思いは強く持っていた。

そして、大蔵省の了解を得た結城は、次に米国までの輸送に当たる警備兵を、個人的に懇意にしていた影佐禎昭陸軍大佐に連絡を入れた。

――影佐陸軍大佐は、陸軍の中では経済観念のある常識人だ。以前に朝鮮銀行からの圓の紙幣の発行に我々横浜正金銀行が手伝った折に、関東軍参謀石原莞爾大佐にお会いした時に、引き合わせてくれた軍人だ。今回のこの作戦は理解してくれるだろう。それに東條英機率いる統制派にも属していない。それにしても陸軍の統制派の連中には困ったものだ。

まるで帝国日本の運命を自分たちだけが、握っているかのような言動が目立つ。

（三）

平本が陸軍参謀本部の第八課の部屋に入った時には、漆黒の闇が訪れようとしていた時間になっていた。横浜駅から東海道線で東京駅まで行って、中央線で市ヶ谷の駅に降りた時は、西の空は茜色に染まっている。雪は小降りになっていた。ほんのわずかだけの雨交じりの雪になっていた。

平本は黄昏闇が近づいていた茜空《あかねぞら》を見て、明日には天気になりそうだと呟いた。風は相変わらず冷たい。真冬の天気の乾いた空気が頬を刺す。平本は急いだ。

陸軍省と参謀本部の建物は、広大な敷地の一角に聳えるようにある。まるでこの国は陸軍が負っているような尊大で、威厳を感じさせるコンクリートの建物である。参謀本部は木造の平屋である。各平屋の建物を屋根付きの廊下が結んでいる。二・二六事件の時にこの建物に反乱兵士が乱入占拠されたことを後悔したのか、敷地は厳重な塀で囲まれていた。

表口には着剣した三八式歩兵銃を手にした兵士たちが、仁王立ちで数名、いずれも厳しい顔をして立っていた。その内の下士官らしい兵士に、第八課に用事があると伝えると、確認だろう急ぐように詰所に向かい電話している様子だった。しばらくすると確認が取れたのか詰所から出て、手で行けとの仕草をした。

陸軍参謀本部の建物の中に入って、第八課の部屋の扉を開けた。そのままヅカヅカと岩畔のいる机の傍まで歩いた。軍服姿の岩畔は何やら机に向かって書き物をしている。黙って平本は机の前に立った。すると気配を感じてか顔を上げた。

「お、平本」

来訪は予期していただろうが、突然に現れたことに、驚いた顔を見せた。えらが張った顔つきで、掛けている眼鏡の中から牛乳瓶の底のような眼を見せていた。書いている書類に神経を集中していたようだった。

「無事、打ち合わせは終わりました」

簡単な報告を岩畔にした平本は、第八課の部屋を見渡した。課員のすべての者は長髪で、国防色の軍服姿ではなく、民間人の勤め人が着る背広姿である。違和感が充満している。

ふと窓際に立っている男に目が入った。見覚えのある男だ。その男は平本を見ると、オールバックの髪に日本人離れした堀の深い細面の顔に、にこりと笑みを浮かべた。

――望月新之助陸軍少尉だ……同じ特務機関員養成学校の同期の男だ。この男は確か上海に派遣されると聞いていたが。

望月に少しばかり頭を下げて、目を転じてあたりを見渡した。

――それにしても不思議な光景だ。八課以外の参謀本部のほかの者たちは、すべて丸坊主に軍服を着ている。

岩畔中佐があたりを見回している平本に向かって、静かに言った。

「では、別室で詳しく任務の事を話そう」

するとニ人が話をしているのを、椅子に座って見ていた影佐大佐が近づいてきた。影佐大佐は軍服を着ている。背広姿の者に混じって軍服姿の影佐大佐が目立っていた。八課の中では影佐大佐と岩畔中佐が軍服姿であった。

影佐大佐を見て、平本は頭を下げた。

「平本、いよいよだな。上海では世話になった」

懐かしそうに平本の顔を瞬きもせずに見て、筋肉に筋金が入ったような顔で言った。

平本と影佐大佐は、以前に上海である諜報活動をしていた昵懇の関係であった。

「はい。影佐大佐……身が締まる思いであります。明後日の朝からの任務になります」

影佐大佐は岩畔の方をにこりと笑みを浮かべて見ながら、

「では、俺も一緒に別室に行こう」

三人は揃って、普段は資料室になっている部屋に向かった。もともと資料室に使うつもりの別室のため窓がない。そのため日中でも電気をつける必要があったが、密談をするには都合が良いため、影佐大佐と岩畔中佐はよく利用していた。別室は机が真ん中に置いてある。

椅子は無造作に置いてあった。わずかな広さしかない部屋である。

部屋に入ると机の向こう側に岩畔中佐と影佐大佐が座った。

二人が座ったのを確認して、平本は机を挟んだ椅子に座った。

「平本少尉……一服するか?」

影佐大佐が、自分の軍服の胸ポケットから煙草を取り出して、吸うかと言ったが、煙草は吸わないため首を横に振った。

「そうだったな……平本少尉は煙草を吸わなかったな」

平本は言葉を聞いて苦笑いを浮かべた。

影佐大佐はこれから前代未聞の任務をおこなう平本に気遣っているように思えた。

すると岩畔中佐が真剣な眼差しで、

「平本少尉。今度の任務は重要な任務である。では明後日横浜の横浜正金銀行の地下金庫にある金塊を厳重に梱包して、横浜港から出港する日本郵船の日向丸に積み込み、米国のニューヨークにある横浜正金銀行の支店まで無事に金塊を届けるのが使命だ。そしてよいか。くれぐれも決して誰にも悟られない様に」

岩畔中佐の命令を聞いていた平本は、

――俺は特務機関員養成学校を卒業して初任務が金塊の警備か。学校在学中は実践訓練として上海に行っていたが、卒業後の任務は……米国までの道中が面白い。しかし責任は重いな。

平本は、岩畔中佐の命令を緊張よりも楽しみにしている。岩畔中佐に頭を下げて瞳で答えた。

――任せてください……命に代えても。

しばらくこれからの任務に想いを巡らせていると、岩畔が念を押すように言った。

「では、平本少尉。残りの者たちと明後日朝四時に例のところに集合する。集合したのちに横浜に向けて出発をする段取りだ。良いな」

平本は岩畔の命令に、襟を正して唾を呑みこんで答えた。

「はい」

――この人の命令ならば命は惜しくない。軍人はお国のために命を懸けるのはもっともだが、この人のためにという上司がいることは間違いのない幸せである。

平本は岩畔中佐の顔を見ながら思った。


数日前の事である。影佐禎昭大佐が率いる、第八課に一本の電話がかかってきた。

日銀の結城総裁からの電話で事の内容を聞いた影佐は、直接話を聞くために結城に会いに日銀本店に出向いた。

そして、結城から詳細の内容を聞いて、直ちに陸軍参謀本部に帰り、第八課の作戦主任をしていた岩畔豪雄中佐を呼んだ。

自分の机の前に直立不動で立っている岩畔中佐に向かって、静かに言った。

「岩畔中佐。今、日銀の結城総裁から、緊急の要請が入った。至急、米国までの重要物資の輸送の警備をする者たちを選んでくれ」

岩畔中佐は、興味深い顔をして、問うた。

「影佐課長。何事ですか？」

岩畔中佐の問いかけに顔色を変えた影佐大佐は、椅子から立ち上がりぐるりと机を廻って、岩畔中佐の耳打ち際に囁いた。

「岩畔中佐。最重要物資だ。この物資を無事届けなければ、日本の経済は破滅する」

岩畔中佐は影佐の真剣な顔つきに、少しばかりあきれた顔をした。

――影佐大佐は、大げさなことを言う。

しかし、次の言葉を聞いて、その思いは一瞬にして吹き飛んだ。

「何ですか。その最重要物資とは？」

影佐大佐は、重い口を開いて
「金塊だよ。日本にある金塊を全て米国に持って行く」

耳を疑った。

今にも米国とは戦争が始まるかもしれない。そんな風潮が世間では広がっている。

特に陸軍の将官のほとんどが、ことあらば、米英との一戦を主張して声を上げていた。

その米国に日本の金塊を……

岩畔中佐は驚いて、影佐大佐に、

「金塊ですか。どうして米国に？」

――どうして金塊を、それになぜ米国に？

「貿易の決済資金だ。今の日本には米国ドルがほとんどない。後は、世界通貨になる金塊しかない。その金塊を、米国のニューヨークにある横浜正金銀行の支店に運び、米国の相場で売りさばき、決済資金に充てる。また米国までの輸送は、民間の船で送る」

影佐大佐は、そこまで言って大きくため息を吐いた。

岩畔中佐には、衝撃的な内容であった。

――まさか。

「日本はそこまで追い詰められているのですか。それにしてもなぜに民間の船で、海軍の軍船で運べば良いではないですか？」

疑問に思ったことを正直に影佐大佐に話したが、すると、一気に捲し立てる口調で岩畔中佐に、諭すように言った。

「この作戦は、米国にはもちろん陸軍の対米強硬派にも内緒に事を運ばねばならぬ。良いな。またこのことが米国に分かると、日本は遂に金塊で決済するしか無くなったのかとして、より強い態度で挑んでくる。そうなると、今すぐにも陸軍の対米強硬派は、対米戦争を主張しかねない。特に関東軍参謀長の東條英機には絶対内密だ。あ奴は、対米強硬派の黒幕だ。それに憲兵隊を握っている。だから日銀の結城総裁は、用心をしてこの儂に相談した。そして民間の船を使うのは、米国の目を逸らすためだ。のこのこ海軍の軍船で運んで万が一見つかったら日本が笑い物になる」

第八課の窓の外では相変わらず小雪交じりの雨が降っている。これからの作戦を考えていると岩畔中佐は、影佐大佐の話に、勤めて冷静に物事を考えなくてはと思った。

岩畔中佐は二年前から開設していて、訓練を重ねていた陸軍特務機関員養成学校の卒業生の中から選ぶことにした。

陸軍特務機関員養成学校とは、いわゆる諜報員養成機関の事である。のちには新宿区中野に移転したため陸軍中野学校と呼ばれていた。陸軍特務機関員養成学校は、東京九段の愛国婦人会本部の別棟を仮校舎としていたが、別棟の入り口の看板には、後方勤務要員養成所と書かれていた。

この学校は影佐大佐率いる第八課の重要な業務を遂行するために、必要な人材を育てるためであった。

陸軍参謀本部第八課は、諜報活動、対敵戦に対して、内部分裂を仕掛ける等の工作を行う機関である。

岩畔中佐は、ただちに学校卒業予定者の中から人選を開始した。

陸軍特務機関員養成学校は一般の大学、専門学校を卒業した者の中で、現在陸軍に入隊している者を中心に、現地各部隊の部隊長の推薦の中から選ぶ仕組みとなっていた。

岩畔中佐は、卒業予定者から五名の兵士を選んだ。

陸軍幼年学校の出身であった平本少尉、一般の学校出身であるが、目は小さいが鋭い眼光に締った顔の柔道の猛者である桜井政志少尉、まだニキビが残っている幼顔をしているが、射撃の名手である宮本判司少尉、それに教育の過程で中国の上海において特務機関で暗躍していた大柄の多賀眞次軍曹、同じく中国の青島で特務活動に従事していた優しい瞳に厳つさが漂っている顔つきの園尾勇二軍曹の五名である。

学校に在学中に平本は、多賀と一緒に上海の租界に実践訓練として派遣されていた。

岩畔中佐がひそかに設立していた渋谷の貿易会社の社員として、上海の日本も入っている共同租界に設けた駐在所の社員の身分で、任務に就いていた。

主な任務は、上海の裏の世界を支配していた中国の秘密結社で犯罪組織である青幇《ちんぱお》と、ひそかに接触することであった。青幇の主な収入源は、阿片の販売、阿片窟《あへんくつ》の経営、売春の斡旋、売春宿の経営、カジノの経営であった。青幇は三人のボスが上海の裏社会を牛耳っていた。

上海の警察官上がりで上海警察署の署長までしていて、裏社会を独自で構築していた黄金《こうきん》栄《えい》と黄金栄の弟分である杜月笙《とげつしょう》で二人とも蔣介石とは昵懇《じっこん》の間柄であった。

蔣介石と孫文が辛亥革命の後、内紛から上海に潜んでいた時に、知り合ってからの付き合いであった。

その頃の蔣介石は、一時青幇に身を置いていた。そして張嘯林《ちょうしょうりん》である。

張嘯林は、孫文亡き後、国民党の二大勢力となっていた汪兆銘と親しかった。汪兆銘は、孫文の戦友であり、蔣介石と熾烈な跡目抗争を行っていた。蔣介石と汪兆銘は、孫文亡き後の国民党の覇権を取りあっていた。

そして張嘯林が日本軍との関係が三人のなかでは強かった。日本軍が育てたと言っても良い関係であった。張嘯林は主に中国で栽培、生産された阿片の販売を一手に引き受けていた。中国で栽培、生産される阿片は、従事していた者たちが百万人にも及ぶ一大産業となっていた。

その張嘯林を使って、ほかの二名のボスである黄金栄と杜月笙の動向を探るのが任務であった。

ほぼ一年にわたって従事していた。平本と多賀のつかんだ情報をもとに、影佐大佐が単身で上海に乗り込み、決定的に汪兆銘を蔣介石と仲たがいさせていた。

その任務において、平本と多賀は徹底的に軍人色を隠しての任務遂行であった。

密命

（一）

その頃、大久保利賢と近藤紀夫は日銀と大蔵省に、それぞれ保管してある金塊の横浜正金銀行本店への搬入を指示していた。

日銀と大蔵省の金庫から横浜正金銀行の本店金庫までの輸送警備は、日本国内の事でもあり、内務省の警保局に要請した。

しかしこれは、大久保利賢の誤算であった。

内々に内務省の警保局から関東憲兵隊司令部に、連絡が入ったからである。

関東憲兵隊司令官は田中静壱陸軍中将であったが、内務省の警保局からの一報は、関東憲兵隊司令部副官の三浦省吾陸軍少佐に報告された。

三浦少佐は統制派の将校である。独断で日銀と大蔵省が保管している金塊を、密かに横浜正金銀行に運び入れようとしているとの報告を聞いて、その経緯を調査することにした。

三浦少佐から見れば、勝手に日銀と大蔵省が横浜正金銀行を使って、大事な国有財産を処分しようとしていると映っていた。

――組織ぐるみの背任横領か。

昭和十三年（一九三八）二月二十五日早朝四時のことである
九段の愛国婦人会本部の別棟でのことである。任務を与えられた者たちは、全員が昨日から愛国婦人会本部にある宿直室で泊まり込んでいた。
岩畔中佐は夜間に車で駆けつけていた。
「よーし。全員集まったな」

岩畔中佐が五名の者を見て、寝起きで寝ぼけ眼かと思ったが、しっかりした顔つきに見えた。

それだけ今度の任務は、前代未聞の任務であることを理解しているようだ。

平本は居並ぶ者たちを見渡して、自分も含め初任務に緊張している。

――今度の任務は途方のないことに思えた。卒業すると激戦の続く中国大陸に派遣されるものと思っていたが、米国への金塊の輸送とは……。

岩畔中佐は九段の愛国婦人会本部の別棟に集まった五名に、意を決した顔で言った。

「拳銃は、日本陸軍の正式銃である南部式自動拳銃とベルギー製のブローニング拳銃、ドイツ陸軍の正式銃であるルガー自動拳銃がある。各自好きな銃を選べ」

平本はベルギー製のブローニング拳銃を選んだ。

南部式よりか小型で軽いため、狭い船内では使いやすいと踏んだのである。

それに南部式の拳銃は、発射時の音が大きい。野外の戦場においては問題がないが、狭い船内などでは音が大きいということは、敵から見ると恰好の射撃の的になる恐れがある。

ブローニング拳銃は、七・六五ミリ重さ六百二十グラム弾倉は七発、日本陸軍の正式拳銃の南部式自動拳銃は、八ミリ重さ八百七十グラム弾倉は八発、ドイツのルガー拳銃は、九ミリ重さ八百九十グラム弾倉は八発であった。

「よし各自準備ができ次第、直ちに乗車」

別棟を出た平本は、空を見上げた。漆黒の闇に真冬の透き通った空には、まるで天空を支配しているように星群が光輝いている。暗闇の中を待機している車に向かった。近づいた車の後ろのマフラーから白い息が盛んに吐き出ている。

手配した乗用車二台に全員が乗って、街灯のない国道を一路横浜正金銀行に向かった。

岩畔中佐が助手席に同乗している平本に向かって、

「平本。車は銀行の正面玄関ではなく、裏門の行員専用出入り口にこっそり着けろ」

岩畔中佐の指示に平本は頷いて、運転している兵士の顔を見ながら、目で伝えた。

その後、しばらく走って横浜正金銀行の本店の裏手にある裏門に着いた。

「よし。全員下車」

車は裏門に着くと、全員が飛び出るように急いで門を潜った。すると彼らを待っていたように出迎えの数名の行員が、暗闇の中で寒さに震えながら、裏門の行員出入り口に佇んでいる。

声をかけられた。

「皆さん、すぐにそのまま地下の金庫室に行ってください。私がご案内しますから」

急かすように指示されて行員が案内する地下の金庫室に向かった。金庫室は奥に頑丈な金属の丸い扉がある。扉は開いていた。その前には広さ五十坪はあろうかただ広い空間がある。

その空間には、木枠で厳重に梱包された金塊が置かれていた。

開いてある金庫室の扉からは、行員が一本ずつ金塊を腕で抱えて持ち出している。持ち出された金塊は木箱に入れて、その木箱を何箱か一緒に大きな木枠に入れて梱包していた。その他の行員たちも汗だくになって、金塊の梱包作業を行っていた。その中に頭取秘書の黒木も手伝いに駆り出されていた。

岩畔中佐を先頭に平本たちが、金庫室に入ると、黒木が平本の姿を見つけて微笑んだ。

そして平本たちが、横浜正金銀行に入ったのを、隣のビルの前にエンジンを止めて、寒さに震えながら、停まっている車の中から男二人が見ていた。

見ていたと言うよりは、見張っていた。

服装は、背広姿で目が鋭い男たちだ。

「よし。男たち六名余り、銀行の裏門から入って行ったのを、本部に報告しろ」

一人の男が、もう一人の男に苦々しい顔をして命令した。

（二）

同じ頃、頭取の大久保利賢は、海軍省の軍務局にいる高木《たかぎ》惣吉《そうきち》海軍大佐に、電話で連絡を入れていた。

海軍軍務局の交換手が高木大佐の直通電話に切り替えて、しばらくして高木大佐が電話口に出た。

「もしもし高木大佐。例の件は、予定通り進んで今夜のうちに、日向丸に運び込める段取りになっています」

大久保は、昵懇の間柄であった高木大佐に、米国に金塊を運ぶことを事前に知らせていた。

電話の向こうでは、高木大佐が強い口調で、言った。

「大久保頭取。もし不慮の事故があれば大変なことになるので、私から日本郵船に言って、海軍の陸戦隊を乗船させる。良いですか？」

電話を聞いた大久保利賢は、少し困惑した声で、

「陸軍の影佐大佐の部下で、岩畔中佐に警備はお願いしていますが」

すると、高木大佐は安心した声で、

「影佐陸軍大佐はよく知っているし、岩畔中佐も海軍と陸軍の垣根を越えて、儂とは仲が良い。二人とも陸軍の中でも常識人だ。任務はよく理解しているはずだ。しかし東條の息のかかった統制派の連中は油断できぬ。特に陸軍の憲兵隊は全て東條の息がかっていると見るのが妥当であろう。まあー海軍と陸軍が一緒に護衛すれば問題はなかろう。例え憲兵隊が邪魔をしても」

高木大佐の答を聞いた大久保利賢は、安堵した声で、

「分かりました。では高木大佐、よろしくお願いします」

と言って電話を切って胸を撫で降ろした。

高木大佐は、大久保利賢との電話を切った後、腕組みをしてしばらく考えていたが、おもむろに起き上がって、横須賀にある海軍の練習艦隊長官藤堂大佐に電話を入れた。そしてその後、横浜の海軍陸戦隊駐屯地に電話を入れた。

海軍の陸戦隊とは、主に敵前上陸を行う部隊である。そのために、装備は陸軍の歩兵部隊よりは近代化されていた。

また、敵船の拿捕による船の上で戦う場合を想定して、接近戦での訓練も行っていた部隊である。


〈三〉


一方、横浜正金銀行では、地下金庫の中の金塊の梱包作業が一段落したのは、すでに夕刻になっていた。全員昼飯抜きで作業を行っていた。

「この金塊全部を今宵の内に、日本郵船の日向丸に積み込むから頑張ろう」

黒木が、平本に言った。

日向丸は、昭和十二年に竣工した当時最新鋭の貨客船である。総重量トン数八千六百トン、最高速度二十ノット、定員客員数三十八名でパナマ運河を通行できるように、全長百五十四メートル、全幅二十・五メートル、貨物満載時、喫水十二メートルで設計されていた。

船体構造は艦橋に操舵室、海図室、船長室、甲板士官室、無線電信員室があり、端艇甲板には一等船室には浴室、トイレが備え付けられていた。第二甲板には食堂兼料理人室、二等客室があった。

船首と船尾には、大きな船倉が船のほとんどの場所を支配しているぐらいある。

また、建造時の契約として、いつでも戦時になると海軍に徴用される契約になっていた。

戦争が始まると兵員輸送と物資の輸送に、強制的に徴用されることになっている。

この契約は、日本の特別造船法という法律に基づき、施行されたもので造船時に助成金が出る仕組みとなっているため、海軍の要求を組み込んだ設計になっていた。

海軍としては、パナマ運河を通航できる設計を指示していた。

日向丸のマストクレーンは、船の前後にあり、マストの下には、船倉が備え付けてあった。

日向丸の船長は、畑幸男元海軍少佐で予備役に編入されていたが、畑は北米航路に精通していた日本郵船の所属する船舶の船長としてなっていた。

また、今までの北米航路は、横浜、神戸からシアトル、サンフランシスコであったが、昭和十二年からニューヨークまでは主として貨物定期航路が開拓されていた。

岩畔中佐が勢ぞろいした者たちを見渡して、静かに言った。

「全員。車に同乗」

金塊を乗せたトラックに、平本たちを同乗させるため号令をかけた。

横浜正金銀行本店から日向丸が横付けしている横浜第三埠頭までの輸送は、陸軍兵站部横浜部隊に手配をかけていた。

岩畔中佐は

――今夜中に金塊を日向丸に移さねば。明日は、乗客たちが乗り込んでくる。そうなると面倒だ。それと少し小雨が降り出した。早くしないと、寒さが堪える。

岩畔中佐を乗せたトラックのフロントガラスに雪交じりの雨が、落ちてきていた時、金塊を乗せたトラックが、赤レンガで作られた数棟の保税倉庫が並んでいる横浜第三埠頭に着いた。

岸壁には日向丸が着岸している。平本が港に着いた時には、沖合に数隻の大型船が停泊していた。それぞれの船にはマスト、船首、船尾。それに艦橋には橙色の明かりが小雨のなかでうすぼんやりと輝いていた。真冬の夜の港は妖しいまでの雰囲気を漂わせている。シーとして物音ひとつ聞こえない。静けさとうら寂しさが同居していた。

輸出入の物資を一時的に保管する保税倉庫と、岸壁に接岸している日向丸の後方のクレーンマストの位置に、トラックが円の字を書いたように停まった。

夜十時を過ぎていた。霧のような小雨が降っている。

静まり返っている埠頭は不気味だ。平本はトラックの助手席でガラス越しに、埠頭を見ながら思った。

岩畔中佐を含め平本たちがトラックから降りて、トラックから金塊を降ろす段取りをしていた時、突然に世界が昼間になった。平本は一瞬目が暗んで瞳が逆さになった。見ると暗闇に投光器の大きな光の輪が、五個ほど強烈な光を発して、こちらを照らしていた。保税倉庫の屋根の上から、岸壁から少しばかり離れて止まっていた車の上から、眩い光を浴びた。

投光器に照らされた平本たちは驚いて、大声を上げた。

「何事だ」

平本は異変を感じて、突然の明かりに照らされた辺りを見渡しながら、胸のフォルダーに閉まっていた拳銃を抜いて身構えた。

すると、保税倉庫の裏から三台のトラックが、静かに平本たちの前に進みだして停まった。トラックには、国防色の軍服に濃茶色の防寒着を着て、腕に憲兵の腕章を付けた兵士たちが一斉に降りて、平本たちを取り囲んだ。

兵士たちの手には、銃剣を着けた陸軍の三八式歩兵銃があった。

しばらくして、憲兵隊の隊長だろうか眼鏡をかけた、いかにも神経質な顔をした男が、前に進み出てきた。

「貴様たちはここで何をしている」

と大声で恫喝《どうかつ》をした。

するとこの野郎と叫んで、岩畔中佐が隊長の男の前に進み出て、

「我らは、陸軍の参謀本部の第八課の者だ。見たところ憲兵らしいが、憲兵が出てくる幕ではない」

憲兵よりさらに大きな声で答えた。

憲兵は、不敵な笑いを浮かべて、

「怪しい奴らだ。油断するな。それに貴様たちは平服ではないか」

眼鏡の憲兵が、部下たちに油断をするなと注意して、岩畔に問うた。

憲兵の兵士たちが、一斉に銃を前に突き出した。

「この野郎、なにー馬鹿もんが、貴様たちは何をしているのか分かっているのか」

岩畔中佐が顔を真っ赤にして、躰を怒りで震わせながら、眼鏡の憲兵に向かって言った。

「貴様。氏名階級を名乗れ」

岩畔中佐と憲兵のやり取りを聞いていた平本は、相手に気づかれないように、そっと拳銃を憲兵に向けた。

その時だった。一人の背広姿の男が、革靴の足跡を響かせて近づいてきた。平本が見つめていると、望月少尉だ。

——どうして望月が？

不思議に思っていると、望月は憲兵隊を手でどかして割って入ってきた。平本の前に立つ

とくるりと向きを変えて、両手を大きく振った。

するとと岸壁の両端から車のエンジン音が聞こえてきた。唸るようにエンジン音が近づいて来る。

それと共にヘッドライトが平本たちを照らした。そのまま埠頭に近づいてきて急停車した。と思ったら、トラックの後ろが開き一斉に男たちが、今度は平本たちを取り囲んでいた憲兵隊の間に入って来た。

その数は憲兵隊の倍はいた。

男たちは全員が紺色の外套を着込んで外套の下には水兵服を着用している。外套の襟から真っ白な水兵服が覗《のぞ》いていた。手には海軍の正式銃である三十五年式海軍銃を持っていたが中には、海軍陸戦隊の正式自動機関銃となっていたドイツのベルグマンＭＰ十八の短機関銃を所持していた者もいた。

そして彫が深く育ちの良さが感じられるあか抜けた顔の陸戦隊の指揮官らしき男が、威嚇するように憲兵隊の隊長に向かって、鋭い声で言った。

「我らは、海軍陸戦隊の者だ。陸軍の憲兵隊が邪魔するのであれば、我々海軍陸戦隊がお相手する」

指揮官らしき男は、佐藤禎三海軍中尉と名乗って、さわやかな顔を岩畔と平本に見せてにこりと笑った。

すると、一瞬身を引いたが困惑した顔の隊長が、

「何だと…海軍には用がない」

憲兵隊の隊長は、苦りきった顔で言い切ったが、とんだ邪魔者が入りおったという様な顔をしていた。

更に佐藤中尉が静かな口調で、憲兵に言った。

「この岸壁は、埠頭であるのでしいて言えば海軍の管轄だ。お主たち陸軍の憲兵隊に好きにはさせん」

平本は心強い佐藤中尉の言葉に、胸を撫で下ろして拳銃をフォルダーに納めた。

しかし憲兵隊の隊長は納得いかない顔をして、

「待っておれ。関東憲兵隊司令部に問い合わせをする」

捨て台詞《せりふ》を吐いて、連絡のため立ち去った。

するとしばらくして、憲兵隊の隊長が、平本と佐藤の顔を睨みつけて、苦虫を噛んだ声で、部下に命じた。

「全員撤収」

叫んで憮然とした顔をしてトラックに乗り込んだ。投光器も撤去されて岸壁はいつもの夜の静けさと漆黒の闇に戻った。

しばらく先ほどの出来事に胸を撫ぜおろした平本は、隣に立っている望月に問うた。

「望月、貴様は上海に派遣されたのではないのか?」

望月は平本の目を見ながらフンと唇を緩めた。

「上海に派遣される前に一仕事を影佐大佐に頼まれた。貴様たちの影ながらの援護に廻ってくれと……その後上海だと……そこで俺は横浜正金銀行に入る貴様たちを見ていると、憲兵らしい男たちが見張っているのを見つけた。するとやはりこのようなことになったという訳だ。そこで海軍に連絡を入れて、陸戦隊を出動させたのだ」

平本は望月の言葉に思わず頭を下げた。

「それから……面白いから俺もこの船に乗るぞ」

平本の肩に手をかけて、にこりと笑みを浮かべた。


横浜の憲兵隊の隊長から電話を受けた、関東憲兵隊司令部の三浦少佐は、腕を組んで唇を噛んだ。

(四)

憲兵隊が引きあげた後、海軍陸戦隊の佐藤禎三海軍中尉が、岩畔と平本と望月に向かって敬礼をして口を開いた。

「この度、我らも、今いる陸戦隊の隊員の中から十名を選抜しまして警備に携わります」

佐藤中尉の言葉に岩畔と平本も思わず敬礼で交わした。

「いや。御苦労様でありました。おかげで無用の争いをしなくて助かりました。よし。平本少尉。直ちに、船に積み込め」

岩畔中佐は、冷や汗をかいていたが、少し落ち着いたのであろう平本に命を下した。

「分かりました。ではただちに」

平本が、岩畔に言い終わった時、日向丸の船長の白髪頭の整った顔つきに幾分かの深い皺が切り込まれている畑が近づいてきた。

傍に立って成り行きを見ていた畑に、佐藤中尉が、

「船長。我々も乗船致します。日本郵船の船員服を十着ほど貸していただけますか」

佐藤中尉の言葉を聞いて畑は、渋みのある顔に笑みを浮かべて言った。

「分かりました。船員服は予備があるはずです。用意しましょう」

そして岩畔中佐が畑に、

「それでは早速、船積みを開始します」

畑が手を大きく翳《かざ》すと、日向丸のマストがウィーと動力の音を出して動き、クレーンの鉄製の鎖が下りてきた。

そして、鎖の先には金属製の網がぶら下がっている。その網で梱包された金塊の木箱を包み、そしてクレーンで持ち上げて船内に運び込まれた。そのまま船倉に納められていた。

こうして金塊が日向丸の船倉に積まれたのは、午前二時を過ぎていた。

すべての金塊の積み込み作業が終わったことを確認した時、

「では岩畔中佐。これから日向丸に乗り込みます」

平本と望月以下五名は直立不動で岩畔中佐に敬礼をした。

この時ばかりは、五名全員が諜報員ではなく軍人の顔に戻っていた。

平本は、同船する横浜正金銀行の黒木に、行くぞと目を見て合図した。

畑船長は、

――これで明日、乗客を乗せたら出港だ。

こうして、日本の運命を託した金塊を乗せて、平本たち五名と黒木、海軍陸戦隊を率いる佐藤禎三海軍中尉以下十名が日向丸に乗り込んだ。

船への積み込みが一段落した時に黒木は岸壁から走り出して、横浜税関の事務所に駆け込んだ。税関事務所の宿直の者に言って電話を借りた。夜中であったが横浜正金銀行の大久保の自宅に電話を入れた。

大久保利賢は黒木から日向丸に金塊を積み込んだ報告を聞いて、

――黒木。頼んだぞ。金塊が無事に二ヶ月後までにニューヨークに着かねば、日本は債務不履行となって米国はもとより英国、オランダからも、その日から一切輸入が途切れることになる。日本は世界の笑いものになるばかりではなく、国力維持が不可能になる。

そうなると軍部は戦争へと舵をきるだろう。なんとしてもそのようなことは避けなくてはならぬ。

本当にこのままだと日本は大変なことになる。その上に四月一日の米国との決済が不能になれば……心が張り裂けるような思いがしていた。

大久保は、祈るような気持で過ごしていた。

今日の昼前に外国為替を統括する近藤から、ロンドンの支店からの電信で日本の国債と株がまた一段と下がっているとの報告を聞いたばかりであった。

日本の国債と株がロンドの金融市場で下がり続けている大きな要因は、昭和七年に日本の特務機関が清朝最後の皇帝溥儀《ふぎ》を担ぎ出し、満洲国を建国したことと、翌年の昭和八年には日本が常任理事国を務めていた国際連盟を脱退してから下がり続けていたが、昭和十二年の盧溝橋《ろこうきょう》事件で、日中戦争が全面戦争となると一気に下がっていた。


日向丸のタラップを昇りながら平本が佐藤中尉に、

「中尉。明日の朝。お互いの役割を決めましょう。今日は、我々で金塊は警備します」

平本が、四名の者たちに伝えた。

「船倉は寒い。まことに寒い。氷点下を覚悟しなくてはいけない。防寒着を着こんでも二時間交代が限度だ。二名ずつ朝まで交代で警備する」

まさにこの時期は、寒さが一段と厳しい季節であった。

これから北米航路を通って太平洋を北上するにつれて、益々寒さが厳しくなっていく。

平本は、日向丸の甲板の上から岸壁に立っている岩畔に敬礼をして、船内に消えた。

平本たちを見送った岩畔中佐は、心の中で強く思った。

――今度のことは平本たちの諜報員教育として良い訓練になる。これからの航海の無事を祈っておるぞ。

金塊を降ろしたトラック部隊を引き連れて、帰って行った。

岩畔中佐が横浜第三埠頭を離れようとしていた時には、小雨はやんでいて薄明りの月明かりが埠頭を照らしていた。

（五）

翌日も相変わらず冬の差すような冷気があたりを支配していた。平本は甲板の上で時たま吹く海風に、息ができないほどの冷たさを感じた。

平本は畑船長のいる艦橋に顔を出すと、佐藤は畑と何やら真剣な顔をして、そして地図を広げて話し込んでいた。

平本が近づいて二人に声をかけると、

「佐藤中尉。畑船長、おはようございます」

するとニ人は慌てて、地図を閉じた。その二人の様子を見て、気まずい雰囲気を……

平本は、

――何も俺に隠すことはないだろう……まぁーいいか、海の上では彼らに従うしかない。

気持ちを切り替えた。

「船長。今日の乗客の名簿があれば、見せていただきたいのですが」

平本が、日向丸の乗客の予定者を、事前に調べておきたいと畑に申し込んだ。

畑船長の傍に居た一等航海士の中尾が、畑の顔をちらりと見て、そして畑が首を縦に振ったのを確認して言った。

「平本少尉。ここに私が持っております」

両手で抱えていた名簿を、平本に差し出した。

平本は念のために乗客の確認をしていた方が良いと判断して、もしも、金塊を狙う不逞な者が居ないとも限らん。

名簿には、ハワイオアフ島までの乗客たちとして、アメリカ人六名、日本人五名、日系アメリカ人五名、そして、サンフランシスコまでの乗客として中国系アメリカ人三名、ドイツ国籍の四名、ニューヨークまでの乗客としてイギリス人二名、日本人八名、計三十三名の乗客であった。

そのうち、男が三十名、女が三名の構成であった。日向丸はその日の、黄昏闇が訪れる前の午後四時に出港を予定していた。

昼頃から、乗客が集まりだしていた。乗客は船のタラップに乗り込む前に、タラップの手前の岸壁に置いてある簡易な長机で、手荷物検査とパスポートの確認をすることになっている。

横浜税関の者たちが、真冬の凍てつく海風に晒されて寒さに震えながら、四名ほど待機していた。そして、乗客は手荷物検査とパスポートの確認が終了すれば、日向丸のタラップに向かう。

乗客の手荷物以外の荷物は、マストクレーンで吊り上げて直接に船倉に運ぶ。クレーンの音が忙しく聞こえている。

最初に日向丸のタラップを上って来たのは、白人の夫婦であった。

日本から米国のニューヨークに行こうとしている英国籍の夫婦で、名はアンダーソン夫婦である。

二人とも、いかにも英国紳士と淑女の、男は生地の良さそうなウールの三つ揃えの背広を着て、ステッキを手に所持していた。

女も少し長めのスカートを穿いて、ウールの上着を着こんでいた。

乗船名簿には職業欄に商社員夫妻となっていた。船員が、アンダーソン夫婦を一等船室に案内していた。

日向丸の船室は、一等船室が十部屋と二等船室が十部屋に分かれているが、どちらもスチームが部屋に引かれていて、真冬でも快適な旅が過ごせられるようになっていた。日向丸は主に貨物を優先した設計になっている。そのため客室の数は限られていた。

一等船室は個室であるが、二等船室は何人かの乗客が一緒に過ごすように大きく区切られている。

しばらくして今度は日本の僧であろうか、八人の男たちが袈裟《けさ》をかけた僧侶服で、乗り込んで来た。彼らは、二等船室に案内されたが、二等船室の十室のうち一室は、彼らだけで一杯になっていた。それから続々と乗客が乗り込んで来た。

ドイツ人らしく少し長めの顔をして身長が高く、背中は真っ直ぐな姿勢をした軍人らしき屈強な男たち四名、頭は剥げているが鋭い眼光を放っている中国系の米国籍の五十代男と若い男一名と面長の顔に黒髪が長く清楚な感じの十代の女は親子であろうか、顔は三人とも何となく似ていた。

平本と望月と佐藤が並んでタラップを上がってくる客を見ていると、紺色の服装に同色のカーディガンを纏い、紺色のスカートを穿いた中国系の十代の女の子は、デッキに降りた瞬間に顔を上げた。平本は愛らしい瞳がなぜか不安げな瞳に思った。

——何か不安なことであるのか？　まぁ当然だろう。米国籍とは言え中国人だ。どちらも日本とは戦争一歩手前の国際関係が反映しているのか？

平本は女の子と目があったが、思わず目を伏せた。佐藤も同じように瞳をそらしている。望月だけは食い入るように、何かに取り付かれたように女の子を見つめている。

——あの女の子は望月の好みの女の子か？

平本は頬が緩んだ。

ハワイまでの乗客の日系アメリカ人は、移民たちで故郷の日本に一時帰国した者たちであろうか皆、背広を着て元気に談笑しながらデッキを昇って来た。

反対に日本人五名は、着物姿でこれから移民をする者たちであろうか、皆真剣な顔をしていた。これからどうなるのか不安な気持ちが顔に滲出《にじみ》ていた。

アメリカ人六名は、全員が軍服姿であった。武器は所持をしていないはずであったが、海兵隊の制服であった。

平本は軍服のアメリカ人を見て、多分に彼らは日本にあるアメリカ大使館の武官か大使館警護の海兵隊の者かどちらかだ。どちらにせよ、ドイツ、アメリカの者たちには注意が必要だ。

甲板で平本が、乗客が日向丸に乗り込んで来たのを見ていると、佐藤中尉が、

「我々陸戦隊は、甲板において海上警備を重点に置く。貴公たち、陸軍は船倉にある重要な物の直接警備でどうか」

平本に言った。

「それで結構」

平本は佐藤中尉の顔を、見ながら答えた。

その時には二人の耳に大きなドラの音と汽笛が一斉に聞こえてきた。

平本たちが見ているなかで、日向丸の船員が埠頭に繋いでいた舫《もやい》を外し、錨を上げた。日向丸は北米航路を通って米国へ向けて出港した。


しばらくして、横須賀港を母港とした海軍練習艦隊の所属の総トン数六千トンの仮装巡洋艦である芦田丸が、横須賀港を出港した。

仮装巡洋艦である芦田は、元は芦田丸といって、大阪商船所属の貨物船であったが、昭和十一年海軍に徴用されて仮装巡洋艦になっていた。

船名は、元の貨物船の船名をそのまま使っていた。

仮装巡洋艦とは、外見は普通の貨物船であるが、二十ミリ機関砲を四門と五十ミリ砲を装備し、潜水艦を攻撃する爆雷投下機を供えた軍艦である。

主に海軍の水兵の教育と練習に使われていたのであった。

日向丸が日本の金融の危機を打開するため米国に向かった昭和十三年の年は、日本がこれから向かえる激動の時代への始まりであった。

前年の昭和十二年に北京郊外の盧溝橋《ろこうきょう》で始まった日本軍と中国軍の戦闘は、中国全土を巻き込む全面戦争となっていた。

横浜正金銀行では、金塊を乗せた日向丸が無事横浜を出港したことを、ニューヨーク支店に暗号電信で打電した。

――予定通り四月一日までには到着予定。

米国へ

日向丸は、北太平洋を順調に進んでいた。

横浜を出て、房総半島沖を過ぎて三陸沖から更に北上して色丹歯舞諸島の沖合を、アラスカ方面に進路を取って進んでいた。

北米航路を通りすぎて、更に北を目指していた。北米航路を大きく外れている。

平本が艦橋にいる時に、艦長の畑が、中尾に現在地はと聞いた。中尾は海図を広げてコンパスと三角定規を取り出して、何やら海図の上で計算している。ズボンのポケットに入れている懐中時計を取り出して見ながら、更に算盤を使って計算した。多分に北緯と東経を時間で調べているのだろう。

しばらくすると中尾が、現在地、北緯五十度十分と大声で報告した。更に東経と言いかけた時、首を横に振った。

言わなくてもわかっているというような仕草の顔をした。畑は海軍時代の経験と勘で現在地はわかっていたのだろうが、確かめるために一等航海士の中尾に問うただけのようだ。

さすが長年にわたって海軍で鍛えたことがある。

平本は妙に感心した。

そして畑は、呟くようにこのまま北上するとアリューシャン列島を通り越してベーリング海に辿りつくと言った。

平本は二人のやり取りを聞いてはるかに北米航路を外れているようだ。敢えてそうしていると思った。

北上するたびに、真冬の海の激しさが増してきていたと同時に、見る間に寒さも一段と強くなって、またそれに伴って海の色はどす黒くなり、白波が三角形となって日向丸に襲いかかってきていた。襲いかかるたびに日向丸の揺れが大きくなっていた。

海風も半端な拭きおろしではない。船ごと何もかも吹き飛ばすようだ。

日向丸に乗っている者はだれ一人として甲板にいることはできないほどで、甲板の上では手すりを力いっぱい持ってなくては、歩くことも困難な状態であった。

それも少しでも油断していると、船の揺れでどす黒い海に投げ出されそうであった。

平本は艦橋から海を見ると、荒々しく寒々しい海が見える。空は一面黒い雲に覆われている。目に入る世界がまるでこの世の地獄のようだ。しばらくして、畑と中尾に頭を下げて船室に戻った。

船室に入って一息入れていると、

「平本少尉、北米航路は結構厳しい航路のようだな」

桜井政志が平本に言った。

平本は問いかけに頷いた。

「それに陸戦隊の連中は、昼夜、双眼鏡で船から見える四方八方の海を見張っています。何を見張っているのかと問うても答えない。何か別の目的があるのか」

「そうか。まあ。海軍は海軍の役目があるのだろう」

平本は、陸戦隊の事よりは、アメリカ人とドイツ人の事が気になっていた。

彼らは金塊を我々が運んでいることを知っていて、この日向丸に乗り込んで来たのか。それとも偶然なのか。

平本は桜井政志に問いかけるように声を発した。

「桜井少尉。船倉にある金塊の警備する者は二名で残りの者は、乗客をよく見張れ。怪しい人物がいないとも限らん。それから多賀軍曹は上海にいたため英語は堪能だ。アメリカ人の傍に張り付かせろ。ほかにドイツ語ができる者は他に居ないか」

桜井政志は、

「園尾軍曹は、以前山東省に駐屯していたから。存じていると思うが山東省はドイツの植民地だったので、かなりドイツ語が中国人の間でも使われているから、会話程度だったら多分大丈夫だ」

平本は桜井政志に、

「では、二人にドイツとアメリカの乗客に接触を図らせてくれ」

桜井政志は、頷いて船室から出て行った。

その時、艦橋にいた船長の畑に、僧侶の乗客が、真っ青な顔をして近づいてきた。

「船長。船の揺れが酷いので、船室にある仏像が心配ですので船倉に見に行って、もし良ければ船室に移したいのですが。良いですか」

畑は、

「仏像ですか。それは心配ですね。良いでしょう。一等航海士に船倉まで案内させましょう」

一等航海士の中尾と僧侶の四人が一緒に、船倉に向かった。

船倉には、艦橋からタラップで降りて甲板を通って、船尾にある船倉に入ることになる。

五人が甲板に出た時、日向丸は大きく横揺れが起き、普通には歩けないほど交互にゆっくりと左右に傾いていた。

そのなかをどうにか、船尾の船倉まで五人は這うようにして行った。

甲板から船倉に続くタラップを降りて船倉の扉まで着くと、中尾が大きく船倉の扉を三回連続して叩き、一刻後また、連打した。

すると、中から多賀眞次、同じく園尾勇二が、震えながら扉を開けて五人を中に招き入れた。

「船酔いは、大丈夫ですか」

中尾が言った。

二人とも、顔色は紫色をしていた。

「大丈夫です。だいぶ慣れましたし。もうすぐ交代ですので、甲板に出れば少しは良くなるでしょう」

と多賀軍曹が言った。

「では、我々は仏像の入っている木箱を船室に運びます」

坊主三人が、互いに目配せをしながら、船倉にある仏像が入っているという木箱をもって船倉から出て船室に入った。


日向丸は、北米航路を更に北に進路を取って、アリューシャン列島沖を東進していたが、日付変更線を過ぎた頃から、南下した。

「平本少尉。いままでは太陽が右の前方から出ていたが、今は左の方角から出てきている。それに段々温かくなってきているし、海の色も黒から少し青色に変わってきている。そろそろハワイに近づいてきているのか」

日向丸の甲板で宮本が、平本に問うた。

「そのようだな」

平本は、南下した日向丸の揺れが収まっているのを感じて甲板で海を見ながら答えた。

　――先ほどまで寒さに震えながら過ごしていたが、これからは暑さに襲われるようになるな……ふと空を見上げた。

　真っ青な青空に太陽がぎらぎらと眩しい。陽光が日向丸に注いでいた。

　その時だった。顔を引き攣らした僧侶の一団が船室から出てきて、甲板にいた平本たちを見つけると近づいてきたと思ったら、いきなり袈裟の下から拳銃を取り出し、平本と宮本の目の前に突き出した。

「なにをする」

　宮本判司が、坊主たちに向かって言った。

「持っている武器を渡してもらおう。我々は憲兵隊だ」

　冷静に憲兵たちの動きを見ていた平本が、落ち着いた声で、

「渡さんとしたらどうする」

　と言うと、坊主頭の憲兵は、顰《しか》め面の表情をして、

「小癪《こしゃく》な。そうなると死ぬ事になるぞ。何をしている。早くこの者たちから銃を奪え」

　と部下らしい男に荒々しく命令を発した。

　その時だった。突然、船員服に身を包んだ佐藤中尉以下陸戦隊の者たちが、甲板に一斉に飛び出してきて銃を構えた。多賀眞次、園尾勇二もいる。桜井政志は少し離れて拳銃を憲兵たちに向けている。望月は不敵な笑みを浮かべて立っている。

「お前たちこそ神妙にしろ」

佐藤中尉が、いきなりの陸戦隊の出現に、戸惑っている憲兵たちに恫喝した。

「お前たちの身元は当の昔にばれているぞ」

更に、佐藤中尉が言うと、

「なに。どうしてだ」

憲兵隊の一人が不思議な顔をして聞いた。

今度は、平本が笑いながら声を出した。

「お主たちの目だ。憲兵特有の鋭い眼つき。それに肩にかけている袈裟《けさ》の種類だ。日蓮宗もおれば、禅宗、真言宗ばらばらだ。そんな宗教の違う坊主が一緒に行動すること事態が怪しいわ。そして日向丸の出港直前の乗り込みだ。怪しいと思わないのが不思議なくらいだ。憲兵が諜報員の真似事をしても板についてないぞ。さあ武器を置いて手を上げろ。

拳銃は仏像の木箱にでも入れていたのであろう。多賀、すぐに縄をかけて、いや憲兵だと手錠をもっているはずだ。手錠をかけて全員を船倉に監禁しろ」

平本は憲兵たちが手錠をかけられ船倉に連れて行かれるのを見ながら佐藤に言った。

「これで、貴殿に助けられたのは二度目だな」

この一連の出来事を、ドイツ人とアメリカ人が、それぞれ見ていた時に、日向丸は暖かくなっていった太平洋を、ハワイに向けて進んでいた。

平本が半袖の開襟シャツに着替えて、デッキの手摺に手を掛けて太平洋を見ていた。眩しいばかりの太陽が降り注いでいる。腕がじりじりと焼けるように熱くなってきた。思わず平本は、船のデッキに収納されている救命ボートの陰に身を置いた。陽の日差しから隠れる。日陰に身を置いて腰を下ろして、再び海を見つめた。紺碧の海は陽に照らされてギラギラと輝いている。

平本は心の中で、北太平洋の荒々しい海と比較していた。

――この海はなんと明るい海だ。さっきまで通った北の海とは段違いだ。

日向丸はハワイのオアフ島の真珠湾に入った。

真珠湾は、米国海軍の戦艦、空母が錨をおろしている場所と反対側が民間の埠頭になっていた。

佐藤中尉は真珠湾に停泊している米国艦隊の艦船を見ながら、小声で囁くように、

「平本少尉。我々は少し停泊している間にすべきことがある」

言って笑みを浮かべた。その後に部下の者たちになにやら命令をしていた。その顔は先ほどの平本に見せた笑みでなく厳しい顔つきに変わっていた。

しばらくすると日向丸からの連絡で、ハワイにある日本領事館の者たちが、憲兵たちを引き取りに来ていた。

憲兵たちを日本領事館の者に渡して、憲兵たちが下船した時、アメリカに移民する日本人たちと、移民していた者たちで日本に一時帰っていた者たちが降りると、軍服を着たアメリカ人も降りた。

代わりにハワイからサンフランシスコに行く者は、いなかった。ハワイとサンフランシスコの間には人々の往来はあるのだろうが、日本と米国との微妙な関係を反映したのであろう、日本の船にのる乗客はいなかった。

数時間後には日向丸の汽笛が鳴って、ドラが打ち鳴らされた。

「では。ただいまから出港する」

畑船長の声が艦橋に響いた。

平本がデッキで佐藤たちの動きを見ていると、船から湾内の海に舫を垂らしている。

佐藤中尉が、平本の気配に気がついて顔を見て、にこりと微笑した。

平本は

――なるほど。水深を測っていたな。することがあると言う事は、真珠湾の水深を測ることか。

それから佐藤中尉の指示だろうか、真珠湾の出口辺りに日向丸が来ると、日向丸は一旦停まり、一時して進みだした。

その時も、佐藤中尉以下、全員が舫を垂らしていた。

平本が宮本判司に、アメリカ人とドイツ人の動向を聞くと、

宮本判司が、

「別に怪しい動きはない。彼らは日本の米国大使館の駐在武官たちだ。もし日本と戦争になるようであれば困ったと言っていた。本気で心配をしている様子だった。アメリカ人は皆、日本に住んで日本が好きになったと言っておったから」

園尾勇二は、盗み聞きした内容を報告した。

「彼らドイツ人は、ドイツのナチスの党員の軍人で、蔣介石の中華民国の軍事顧問団です。帰国に当たって、日本と米国の視察を兼ねているとの事で有ります。まあー大胆不敵と言いましょうか。完全に我々東洋人を見下している風でもありました。そのためかまた私がドイツ語を分からないと思ったのか。ペラペラしゃべっていました。それと日向丸の船内での憲兵隊との一連の騒動も見ていたようですが、どうも気になります。そうそうそれと、英国人夫妻とドイツ野郎たちとは頻繁に話をしている様子でした」

園尾勇二の報告を聞いて、首を傾げた。

「イギリス人とドイツ人。確かにおかしいな。一番仲が悪いはずだ。特にナチスドイツとは」

何か裏があるぞ…特に注意が必要だ。

ナチスヒットラーは、蔣介石率いる中華民国に軍事顧問を送っていた。

その要因は中国にわずかに残っていたドイツの権益を守ることと、軍事顧問団の団長で

あったアレクサンダー・フォン・ファルケンハウゼンの意見を採用し、日中戦争では日本が敗北すると見ていたためであった。

平本は引き続きドイツ人への監視を、園尾勇二に命じて、自分の船室に戻った。

真珠湾を出てからの日向丸のサンフランシスコまでの航海は、順調であった。

サンフランシスコに着いて、乗客のドイツ人たちと中国人三人は下船した。

サンフランシスコの港の岸壁に接岸すると、タラップが下ろされた。

平本と望月が下船する中国人を見ていると、タラップの真ん中あたりで女の子が振り向いた。

すると、なぜか笑顔になっている。

平本は、心の中で思った。

――米国についた安心感が、顔に滲み出ている。

すると、望月と女の子はどうも見つめあっているように思えた。

――なんだか俺は邪魔者みたいだな。

女の子は頭を下げてタラップを降りていく。その姿はまるでタップダンスをしているように浮き浮きとしているように見えた。

後に残った乗客は、イギリス人夫妻だけであった。そのイギリス人夫婦は船室に籠りきりだ。めったに看板には出てこない。食事の時だけ船内の食堂室に来ていた。

乗客の大半が下りたため遠慮はいらないとして、陸戦隊と平本たちは船室では褌一丁の姿で過ごしていた。甲板に出るときだけ申し訳ない程度に、夏服を着ている。

サンフランシスコで日向丸から下船したドイツ人たちは、急いでドイツ領事館に向かった。園尾はドイツ人たちが船から降りる際に通りすがりに聞いていた。

そして、サンフランシスコを出港して、日向丸は一路パナマ運河に向かって進んでいた。パナマ運河に近づくにつれて暑さが増してきていた。上半身裸でいる者もいる。夏服に着替えて平本と佐藤中尉と黒木が、一つのテーブルで食事をしていた時、

「黒木さん、どうして銀行員になったのか？」

平本が、黒木に聞いた。

「平本少尉。私の故郷の豊岡の出石に斉藤隆夫先生がおられる。その先生の書生をしていた時、これからの日本は経済を重視する人間になれと言われた。それから語学も大事だとも」

黒木が話に出した斉藤隆夫は、兵庫県豊岡市出石町の出身の弁護士であり、国会議員でもあった。彼の主義主張は一貫して、反軍部であったため、いつも陸軍の憲兵が監視をしていた。国会議員の斉藤隆夫の地元である兵庫県豊岡市出石町は、江戸時代まで仙石藩と呼ばれていた。禄高は、五万石であったが、お家騒動が江戸時代の後期にあり、幕府より三万六千石に減らされていたが、仙石藩の出石町は落ち着いた城下町である。

仙石藩は、出石町に国替えをさせられる前は、信濃国上田藩であった。

宝永三年、仙石政明は、初代藩主仙石秀久から数えて三代目の藩主であったが、出石藩に国替えの時に、信濃国上田から数多くの蕎麦職人を連れて来た。

そのために、出石町では蕎麦作りが盛んであった。黒木の実家は蕎麦屋である。

平本は、

「そうか。その斎藤と言う先生は知らないが、書生をしていたのか」

「佐藤中尉殿は、どちらのお生まれですか」

黒木が、興味ありげに聞いた。

「俺か。俺は広島県呉市の生まれだ。カレー屋の息子だ。海軍の名物のカレーを、うちのおやじが戦艦陸奥で炊事班長をしていて退役になった後、近所で食堂を始めてからカレーを作って出したら評判になって、割と繁盛している」

平本は自分から出身地を話した。自分は熊本の生まれであると……家が貧しいために陸軍幼年学校に入学して、歩兵四十一連隊に配属になったのだが、上官であった二・二六事件の前に皇道派の相沢中佐が、惨殺事件を起こしたため、部下であるという理由で満洲に飛ばされるところを、影佐大佐と岩畔中佐に拾われて、今日に至ったことを淡々と話した。

平本を含めて船内の者たちは、もうすぐパナマ運河を通れば、ニューヨークまでもう一息であると、少し気が張っていたのが、嘘のように余裕が生まれていた。

Uボート

日向丸はサンフランシスコ湾を出て、カルフォルニア沖を左に見ながら南下していた。そして中南米のパナマ運河の太平洋側の起点であるミラ・フローレス閘門《こうもん》に着いた。

閘門からミラ・フローレス湖を通ってペデロ・ミゲル閘門、ゲイラード・カット、ガトゥン湖、ガトゥン閘門を経てカリブ海に通じる運河であるが、運河中央部の海抜が高いため、閘門を採用して船の水位を上下させて通過させている。

三つの人造湖と三つの水門を内に含む運河である。

そして、全長約八十キロ、最小幅九十一メートル、最大幅二百メートル、深さは一番浅い場所で十二・五メであり、太平洋からカリブ海までの通過時間は、待ち時間を入れて約二十四時間かかる

平本たち三人を含め、日向丸に乗船している者たちは、初めて通るパナマ運河の規模に驚いていた。

「すごいな。パナマ運河は。この運河で太平洋と大西洋が結ばれているのか」

目の前の運河の両脇には鬱蒼《うっそう》とした密林が続いている。まるで熱帯の密林の中を静かに通っている不思議な感覚に遭遇した。密林に生息する何の鳥がわからないが、カラフルな模

様をした鳥の囀《さえず》りが聞こえていた。

日向丸は、パナマ運河を出てカリブ海を通って大西洋に出た。ガラスを海面に敷いたように、陽光に照らされてぎらぎらと輝いている。日向丸は穏やかな海面を滑るように進んでいた。

カリブ海の澄んだ青色の海を見ながら、平本が佐藤に言った。

「このカリブ海は、昔は海賊が出ると言われた海みたいですよ……」

少年の頃読んだ冒険小説の内容を話した。すると佐藤が冗談半分の口調で返した。

「今でも海賊が出るかも知れんぞ……」

海を見ながら並んで甲板から手摺に躰を寄せて、平本と佐藤は大笑いした。

アメリカまであと一歩と思うと気持ちに余裕が生まれていた。

大西洋を北上すれば、ほぼ一週間でニューヨークである。

平本が、園尾に、

「乗客は、英国人夫妻だけか」

園尾は、少し肩と手を半分上げて、

「そうです。彼らは船室に閉じこもっています。何でも船員の話ですと、二人とも本を沢山持ちこんで、読みまくっている感じだとか。特に、サンフランシスコでドイツ野郎が降りてから部屋に閉じこもっています」

平本はイギリス人夫妻の行動を聞いていて、首を傾げた。

「しかしイギリス人夫婦はなにか怪しいな」

平本と園尾の会話を聞いていた黒木が、言った。

「用心することに越したことはない」

平本は頷いた。

日向丸の航海は、至って順調であった。

大西洋の波は穏やかで、海の色は透き通るように青かった。

太平洋の黒っぽい海の色とは、少し違いがあるようである。

パナマ運河を出て、三日ほど経った日の黄昏闇が訪れようとしていた時のことである。

太陽が眩いぐらいの橙色になって、いまにも太陽の滴が大西洋に沈みかけようとしていた
日向丸の前方の海に、黒い物体が浮かんでいたのが見えた。

操舵室に居た当直の一等航海士の中尾が、気付いて双眼鏡で覗いて見ると、なにやら万国
共通の点滅の信号を日向丸に送ってきていた。

その信号を見て中尾は顔色を失った。

「停船せよだと。なに…」

中尾は、すぐに船長室に居た畑に、艦橋から船長室に通じている伝音器で、

「本船の前方に本船に対して、停船信号を発している船がおります」

慌てて、畑も艦橋に駆けこんだ。

「どうも黒い物体のようだな。緊急の汽笛信号を連続して鳴らせ」

冷静な顔つきで、畑も双眼鏡で黒い物体を見ながら呟いた。

日向丸は、緊急時に鳴らすようになっている連続汽笛を鳴らした。

平本は自分の船室にいたが、汽笛の連続音の異変に気付き、甲板に飛び出した。

しばらくすると黒木、佐藤も甲板に飛び出してきた。

佐藤が艦橋の中から双眼鏡で見て、突然に大声を上げた。

「潜水艦だ。大きさ、艦の形から見ると、ドイツのUボートだ。それに艦上では砲を撃つ用意をしている」

平本が遠目で見ると、確かに艦上では何人かの者が、忙しく動いているのが見えた。

「どうして、Uボートが…、それにここは公海上だ。まして今は戦時ではない」

佐藤中尉が平本の傍に寄って来て、呟くように言った。

「現代の海賊が出たか……」

その声は真剣そのものの口調であった。

艦橋では、畑が中尾に向かって、

「本船は、商船である。まして公海上で停船命令は、万国法でより違法である。よって従う義務はないと……すぐに点滅信号を送れ」

日向丸から、ドイツのUボートに向かって、点滅信号が放たれた。

しばらくして今度はUボートから信号が届いた。

「直ちに、停船せよ。従わない場合は、攻撃する」

佐藤が、双眼鏡でUボートの艦首を見ると、魚雷発射管の扉が開いていた。

「あいつらは、本気だ。魚雷と艦上にある砲で攻撃する心算だ」

その時、日向丸の船室から、大きな円を描くように光が放たれていたのを、平本が気づいた。光の円を描いていた船室に向かって、扉を力任せに開けた。

すると、船室の窓が開いて、英国人の夫婦が驚いたように立ちつくしていたが、手には大型の懐中電灯を握っていた。

「何をするつもりだ」

日本語で平本が言った時、黒木が飛び込んできた。

今度は、黒木が英語で、夫婦に向かって、

「貴方たちは、何者だ?」

すると男が、

「あの船は、私たちを引き取りに来た」

黒木が、不思議な顔をすると、イギリス人の男は、

「私たちは英国人だが、事情があってドイツに行くことにした」

にやりと不敵な笑いを浮かべて言った。

「どうして、彼らと待ち合わせができたのか」

黒木が、問い詰めると、

「以前から、日本商船がニューヨークと横浜の定期航路に就航しているのは知っていた。またドイツのナチス親衛隊の連中とこの船で一緒になったので再確認をした。彼らがサンフランシスコのドイツ領事館から、電文を発信してくれたので、うまく落ち合う事ができた」

黒木が、平本に、

「彼らは、イギリス人だがドイツのスパイだ。多分ばれて亡命するのであろう。米国に上陸するとイギリスにすぐ報告されて。いやもしかするともう指名手配されている者たちかもしれん。もしかすると二重スパイかも知れんな」

船長の畑は、とりあえず停船を指示すると同時に、緊急汽笛は、鳴らし続けさせていた。しばらくすると、Uボートから、小舟が降ろされ、自動小銃で武装したドイツの兵士が十名あまり小舟に乗り込んでいるのが見えた。

佐藤中尉が平本に、

「どうする。やつらが乗り込んで来たら一戦交えるか。ドイツと一戦交えるのも悪くないな」

「しかし。我らの役目は、無事に金塊を届けることにある。イギリス人二人を引き取るだけなら黙って見過ごそう」

平本は、冷静に判断をしたが、佐藤中尉は、

「しかし。彼らが証拠隠滅を謀るとして、日向丸を攻撃してこないとも限らんぞ」

「それもそうだな」

まさにヨーロッパの情勢は奇々怪々の世界だ。誰が敵で誰が味方か謀略の渦が巻いている。

佐藤中尉が、傍に居た中尾に、

「無線は使えるか」

思いは一緒の顔をしていた。

「おそらく。Uボートの水兵が乗り組んでくると、万が一にも無線を壊す恐れがあります。無線を発信するのであれば今すぐ」

「よし、一緒に無線室に行こう」

佐藤中尉と中尾は、走って艦橋の一階にある無線室に飛び込んだ後、日向丸から、緊急事態発生の無線が飛んだ。

同時に平本は、自分の部下たちと佐藤の部下の陸戦隊の者たちに、武器を構えさせて船上に配置させた。射撃がうまい宮本は甲板にある救命ボートの陰に隠れて、拳銃をドイツ兵に向けている。

しばらくしてUボートのドイツ兵たちの乗った小型船が日向丸に横づけされ、タラップが降ろされドイツ兵が乗り込んで来た。

総勢十名ほどの水兵であったが、全員自動小銃を手に持っていた。

平本たちとドイツ水兵たちは、互いに銃を構えて対峙した。

そこに、イギリス人夫妻が現れ、ドイツ語で何やらドイツ軍水兵と話をしていたが、時折、ドイツ水兵の指揮官らしき者が、船尾の船倉の方を見ながら、しきりにイギリス人の男と話しかけていた。

するとイギリス人の男は、黒木に近づいてきて、不敵な笑いを浮かべて、口を開いた。

「金塊を貰う」

黒木に言った。

黒木は、平本に目で合図した。

平本は、

――小癪な。イギリス野郎は泥棒か。

平本の顔色が変ったのを、イギリス人は見ていた。

すると平本が、今にも銃を持ったドイツ兵に飛びかかろうとした時、Uボートの傍の海面にドスーンと言う音と共に水飛沫が上がった。

続けてもうひとつUボートの反対の海面にも水飛沫が上がった。

ドイツ兵たちは慌てた顔をした。狼狽えている。

平本が、日向丸の船尾の方の海を見ると、一隻の商船がこちらに向かいながら大砲を撃っているのが見えた。

佐藤中尉が、無線室から飛び出して、

「日本の仮装巡洋艦の芦田だ。無線で連絡したので駆け付けてくれた」

護衛艦がいることは日向丸の畑船長と中尾と佐藤中尉しか知らないことであった。

芦田はハワイとサンフランシスコでは、領海三カイリの公海上で待機していて、日向丸がそれぞれの港を出港したのを確認してついてきていた

平本は、

「よし今だ。ドイツ人とイギリス夫妻を逮捕しろ」

ドイツ兵とイギリス人の顔色が変った。

撃ち合いが始まった。

日向丸の甲板には銃弾が辺りかまわず撃ち込まれ、鉄製の艦橋を含めまさに銃弾の雨が入り乱れていた。最初に、撃ちだしたのは、ドイツ兵の方であったが、陸戦隊は的確にドイツ兵を仕留めた。

しばらくすると、残っているドイツ兵たちは、手を上げて降伏をした。

佐藤中尉が、得意げな顔で平本に、

「ドイツ兵は、潜水艦の乗務員だ。戦闘は下手だ。その点、我々陸戦隊は敵前上陸や艦艇内

での戦闘の訓練を受けている我々の方が戦闘には長けている」

Uボートは、芦田の攻撃によって、慌てて潜航したが、芦田からの砲撃の一弾が、Uボートの艦橋に当たった。

それでも潜航をした。

仮装巡洋艦芦田が、Uボートがいた海面まで近づくと、爆雷を立て続けに投下した。しばらくすると、海面には重油や、木の破片、衣服が水面に漂っていた。そして人間の水死体等が浮き出した。

佐藤中尉はUボートが潜った海面を見ながら呟いた。

「Uボートは沈んだな」

日向丸の甲板には、頭を垂れたドイツ兵とイギリス人夫妻がいた。


日向丸は、無事にニューヨークの港に着いた。地球を半周した平本たち一行を自由の女神が歓迎しているように微笑んでいた。

雲一つない、真っ青な大空が広がっている。冬にしては暖かい陽光が降り注いでいた。

平本は日向丸の甲板から身を乗り出して、ニューヨークの街並みを見ていた。摩天楼を筆頭に至る場所に、高い石造りの建物が聳えている。その姿に見入っていると黒木が近づいてきた。

「さすがニューヨークは世界の中心だけのことはある……建物の姿、形すべて木造の平屋ばかりの日本とは違う」

「このニューヨークのマンハッタン島の土地は岩盤でできているから、高層のビルの建築は可能なのだ。香港もそうだ。だから地震が来てもびくともしない。東京とはえらい違いだ」

平本と黒木はデッキに並んでニューヨークの街を眺めていたが、平本が黒木に問うた。

「黒木さん。お主の役目は終わったな」

黒木は、平本の問いかけに、呟くほどの小声で言った。

「残念ながら、これからが本番だ。頭取からは一年ほどニューヨークに居て、頑張れと言われている」

「そうなのか?」

平本は黒木の説明に関して納得していた。

「どうだ。いつか時間があれば二人で、ニューヨークの街を探索してみるか」

「しかし。おぬしはこのまま日本に帰るのだろう」

「そうだが、ニューヨークの街の活気は東京と比べてけた外れの賑わいだ。貴様を訪ねてニューヨークにきたい」

平本はまるで子供の時に、遊園地に行ってるような錯覚を感じていた。

多分に黒木も同様な感触を感じているのであろう。街並みを見ながら瞳が泳いでいた。

その後に平本の顔をしげしげと見て、

「これで日本の危機は当面避けられた」

黒木は安堵した顔をして、平本陸軍少尉の手を握り喜んでいた。

平本と黒木の二人を含めこのたびの作戦に従事した者たちは、極度の緊張と、日本の運命を託された重圧から解放されて、清々しい気持ちがそれぞれの胸に飛来していた。

――潮風が心地よい……さわやかな風が頬を通り過ぎていく。

二人をニューヨークの少しばかり冷たく感じる風が、包み込んでいた。

平本は甲板でニューヨークの街を見ている者たちの姿を見ながら、一仕事を終えた充実感で満ちていると思った。

岸壁に日向丸が着くと、平本は背広に着替えた。黒木もさわやかな木綿の背広を着ている。

二人が岸壁で別れの挨拶をしていた時、日本大使館の者が駆け寄ってきた。平本を見つけて、

「平本少尉でございますか？　たった今電文にて米国で別命あるまで待機、との命令が来ました」

平本はその言葉を聞いて咄嗟に出る言葉がなかった。呆然とした顔を大使館員に見せると、大使館員は、

「岩畔陸軍中佐からの電信命令です。大使館の連絡将校としての任務とのことであります」

平本は大使館員の説明に納得した。

――そうか俺に米国に残れということか……また黒木と一緒なら退屈はしないな……いい機会だ……米国の神髄をみてやるか……それに和平派の岩畔中佐が米国に来るのは、日米開戦を防ぐためか。

平本は黒木の顔を見ながら笑みを浮かべた。


すぐ横では、英国大使館の者たちだろう数人の男たちが、イギリス人夫婦を挟むように連れて行っていた。

欧州では英仏とドイツ、イタリアの戦争の機運が高まっていたが、米国の国民の多くは、もし戦争になっても関与しない風潮であったが、心情的には英国に傾いていた。

ドイツ兵たちは、丸腰でアメリカ連邦捜査局（ＦＢＩ）の者たちに連行されて行った。

仮装巡洋艦の芦田丸は、米国の領海外の海に錨を下して、日向丸の帰りを待って落ち合った後、一緒に帰国への航海する手筈をしていたが、その前にＵボートの母船の探索を周辺の海域で行っていたが、Ｕボードの母船すなわちＵボートに補給する船は見つからなかった。

佐藤海軍中尉と望月少尉と桜井少尉　宮本少尉、多賀軍曹、園尾軍曹は帰国する日向丸に乗り込んだ。黒木と平本は岸壁で手を振りながら見送った。

佐藤海軍中尉は、帽子を手にもって振りながら別れを惜しんでいる。

望月は相変わらず笑みを浮かべて立っている。

二人は日向丸が米粒の姿になるまで見送った。

昭和十三年七月

佐藤海軍中尉は、米国から帰国後ただちに、海軍省軍務局の高木海軍大佐に、報告を上げた。

「千島列島からアリューシャン列島沿いに、つまり北米航路から更に北の海を東進して、日付変更線に沿って南下すれば一隻も他国の船とは遭遇しません。それから真珠湾の深度は、これです」

と言って調べた真珠湾の深度の記録を提出した。

その後、高木海軍大佐は、佐藤海軍中尉の報告書を、帝国海軍山本五十六連合艦隊司令長官に提出していた。


ニューヨークに陸揚げされた金塊は、その後、横浜正金銀行ニューヨーク支店の金庫に納められたのち、米国の金市場で相場の価格で売られた。

一年後、昭和十四年（一九三九）の四月に黒木が帰国する時には、当初の予想していた相場より高く売れて千二百万ドルの差額が生じていた。

差額の千二百万ドルと合わせて、横浜正金銀行のニューヨーク支店には、一億四千万ドルが貯まっていた。全て金塊を売った金額である。

一億四千万ドルは、日本が米国から輸入しているすべての金額の半年分の金額であり、石油だけだと三年分の金額になっていた。

昭和十四年六月　ニューヨーク

黒木は帰国が決まったことを伝えたくて、電話をかけた。電話した日から数日のことである。

黒木が横浜正金銀行のニューヨーク支店の自分の机で、帰国することに合わせて私物を含めて整理をしていた時に、ふと頭を上げて店内を見渡すと、覚えのある男が笑みを浮かべて立っていた。

銀行はあまり広くないフロアースペースに、客はほとんどいない。時間的には午前十一時を過ぎている時刻であった。

すぐに黒木にはその男が何者かは分かった。

「平本少尉」

フロアーの隅々まで届くかのような大声で言った。

そしてカウンターの扉を開いて自分から平本に近づいた。

「黒木さん帰国か？」

近くまで来た黒木に向かって声をかけた。

うんうんと頷きながら平本を見ると、平本は大日本帝国陸軍の軍服を着ている。国防色の上着は縦襟に腰に革のベルトをして、長革の靴を履いていた。

「今日は軍服ですか？　初めて見ました」

黒木は平本の軍服姿を驚いた様子で、しげしげと見つめた。

「大使館付きの連絡将校なので、米国に来てからはずっと軍服でいる」

「そうですか」

黒木はよく似あっているというような顔をした。

「ところで黒木さん。とうとう帰国できるのですか？」

平本は帰国する黒木に会ってみたいと思って、ワシントンからニューヨークのウォール（街）に。外に店舗を持っている横浜正金銀行に来ていた。

「はい。日向丸で運んだ金塊はすべて売り切れました。その報告を頭取にしましたところ、帰国せよとの電信が届きましたので、明後日の船便で帰ることにしたというわけです」

笑顔で嬉しさをにじましている黒木を見て、平本はなんだか置いてきぼりの心境になっていた。

「そうか。よかったな。俺は当分米国におることになりそうだ」

さみしそうに小声で言った平本に黒木は、

「せっかく、訪ねてきていただいたので、もう十二時前ですのでランチに行きましょう。奢ります。すぐ支度をしますので一緒に行きましょう。」

そわそわした態度で少し待っていてくださいと黒木は平本に言って、カウンターの扉を開けて自分の椅子においてあった上着を、もって駆け足でフロアーに戻った。

「平本少尉。このウォール街には世界の金融が集まっています」

銀行を出るとウォール街に聳《そび》え立つビル群を見ながら、黒木は歩いている平本に言った。

通りは乗用車が溢れている。黒木と平本は通りに面したビルの一階の、小さいが赤テントのしゃれた店に入った。

「この店はわたくしもよく食べに来ていますので」

平本は黒木の言葉に常連の店だなと思った。その証拠に接客に来た男の店員と親しげに話をしている。

「この店のハンバーガー絶品です。飲み物はコーヒーでいいですか？」

平本は黒木の問いかけに首を縦に振った。

しばらくして、

「黒木さん、少し聞きたいことがあるが？」

いきなりの問いかけに黒木の顔は少し強張った。

「この米国は戦争のことをどう思っているのか？　街の人々を見ていると、まったくというほど呑気というか戦争する気配が感じられぬが？　どう思う？」

　平本の問いかけに黒木は少し時間をかけたが、口を開いた。

「確かに、米国民はあまり戦争のことは関係ないと思っている人が多いです。このウォール街の金融の銀行を含めてそうです。特にヨーロッパでの戦争は困るという企業が多いです。現にフォード自動車はドイツの子会社でナチス向けの軍用車両を作っていますし、世界の金融王と呼ばれているＪＰモルガンは、ドイツの銀行に多額の貸し付けを行っています。もちろん我が横浜正金銀行も例外ではありません。戦争が起きるとこの債権がすべてパァーになります。その他の米国の経済界を仕切っているグレートファミリーも同一です。ロックフェラー。ＵＳスチール、エジソン社も同様です」

　黒木の説明に平本は少しばかり胸の痞《つか》えが癒えたように思えた。

　暫らくして黒木は眉間に皺《しわ》を寄せて口を開いた。

「しかし」

　平本は黒木の考えている素振りに思わず顔を見つめて問うた。

「しかしとは？」

「確かに、戦争を回避したいのは私や平本少尉のみならず、日本国民全員だと思います。ましてや米国民も同様ですが、ナチスドイツが戦争を始めると英国は黙っていません。フランスも同様です。もし仮にドイツと英国が戦争になると、米国は英国を助けるために、参戦まではないと思いますが、支援するでしょうね」

ため息交じりの答えに平本は、心が騒いだ。

「今後の世界の動きで戦争かどうかは決まりますが」

黒木の眉間の皺は言葉を終えたころにはより深くなっていた。

「米国から戦争を仕掛けることはしないと思います。しかしもし日本が米国に戦争を始めたら、米国は全力で戦うでしょうね。米国は世論がすべてです。大義名分が整ったら戦争に向かうでしょうね。それにルーズベルト大統領はしたたかな大統領です。表面的には戦争はしないと言っていますが、心の底には日本が戦争を仕掛けてくるのを待っているかもしれません。そうすれば米国民は一致団結して戦争に参加するでしょうが、日本が戦争を仕掛けない限りは、無理難題は言っても、米国から戦争を開始することはないと思います。わたくしは金融の関係者、特にグレートファミリーと呼ばれている米国の経済界の重鎮と戦争はしない方向でと頼んでいます」

黒木の言葉に平本は絶句した。

「つまり、ルーズベルトは日本が戦争を仕掛けていくのを待っていることか？」

平本の言葉に黒木は黙って頷いた。

黒木は平本との食事を終えて、帰国の途に就いた。

平本は黒木の言葉を胸に閉って、ワシントンの日本大使館に向かった。

第二話

日米開戦を回避せよ

陸軍中野学校卒　望月新之助陸軍少尉

租界上海

昭和十三年（一九三八）三月

中国の上海租界は、アヘン戦争の代価に、イギリスが中国から強制的、半永久的に土地を得て誕生した、中国当局の権限がまったくと言うほど、及ばない地域である。

英国と米国と日本は共同租界を形成し、フランスは単独で租界を形成していた。

そして租界の中では、香港上海銀行を中心に発展した上海の金融業は、アジア金融の中心となり、商社などの貿易業も盛んになり、中国の富が上海に集まっていると言っても、過言ではなかった。

そうした上海の発展に伴って、阿片、売春、カジノを中心とした博打等の裏の世界も、浸透していた。

最盛期には百五十万人を超える人間が、港を含めてほぼ一万坪の狭い租界の中に暮らしていたため、人口密度は世界でも最大に達していた。

明治時代に建てられたビルの上にさらに増築されて、そして最上階では勝手に小屋を建てて住んでいた。ほとんどのビルは同じような違法建築をはるかに超えているビル群で在った。

また、上海はこのような独特の背景から上海魔都とも呼ばれていて、そして、外国人もビザが要らない上海の租界に多く入りこんでいた。

特に多くいたのは、ソビエトのレーニンの革命によってロシアから脱出した白系のロシア人、迫害からドイツから着の身着のままで脱出したユダヤ人たちである。

そして、密かに望月が影佐大佐に言われて、亡命していたユダヤ人を保護していたが、上海でのユダヤ人の保護は、影佐大佐率いる影佐機関が行っていた。

ドイツがポーランドに侵攻する前には、ドイツのヒットラー政権から追われたドイツ在住のユダヤ人五百人が、シベリア鉄道を通って、ソビエトのシベリアのオトポール駅まで避難していた。

しかし、満洲国の外交部が入国許可を出していなかったため、そのために、満洲西部に位置する満洲里の国境を挟んで、対岸にあるオトポール駅に飢えと寒さに震えながら、彼らは留め置かれていた。

日本とドイツに遠慮しての処置であったが、このことは関東軍に伝えられた。

そして関東軍から黒竜江省ハルピンに本部を置いていた樋口《ひぐち》特務機関に伝えられて、彼らの処置の一任を命じられていた。

樋口特務機関は、彼らのために、特別列車を手配して満洲国と折衝して、彼らを上海の租界に導いていた。

樋口季一郎《きいちろう》が率いる特務機関である。

樋口は陸軍士官学校を石原莞爾と同期に卒業して、福山四十一連隊長を経て、ハルピンで特務機関長をしていた。

そして樋口機関の作戦主任をしていたのが、安江仙弘《やすえのりひろ》である。

安江も樋口季一郎と石原莞爾の同期の二十一期生であった。

樋口季一郎から命じられた安江は、十数名の部下に対して命令を伝えた。

その顔はこれからの仕事の重大さを現しているように、興奮を隠しきれない表情になっている。

瞳をギョロリとさせて引き締まった顔つきが、さらに引き締まっていた。

「ただいまから特別列車で満洲里まで行く。満洲里の対岸のソビエトのオトポール駅にはユダヤ人が約五百名あまり腹を空かし寒さで凍えて待っておる。彼らの救出に出発する。不測の事態になる場合を想定して、各自武器を携帯することと、腹をすかしているユダヤ人のために食料と毛布も用意すること」

安江たち一行は数日かけて満洲里までたどり着いて、ソビエト政府の関係者との談判で無事に亡命ユダヤ人を救出した。オトポール駅にいたユダヤ人たちは、生気をなくして弱弱しく寒さに震えながら、横たわっている者がほとんどであった。

しかし、この事を聞きつけた日本のドイツ大使館から抗議の連絡が、陸軍省経由で関東軍に届いた。

樋口季一郎はドイツ大使館からの抗議に対して、安江にあきれた物言いで言った。

「ドイツ政府は何様のつもりだ。国を追い出されて行き場のない人々を、人として救うのは当たり前だ」

そして以下のような返書を送った。

「我々はあくまで人道的な見地から亡命ユダヤ人を受け入れたもので、貴国からなんら文句を言われる筋合いではない。またそのように他の民族を迫害するのであれば、彼らが安心して住める土地を用意するのが本筋である」

この声明および返書の内容に関しては、樋口季一郎は東條英機に、命を懸けて談判していた。

のちに樋口の家族は、その時の樋口からは家族に、命が亡くなることを覚悟するようにと伝えている。

樋口は東條に、強い言葉で言った。

「我々大日本帝国陸軍は弱い者いじめをする軍隊ではありません。そうでしょう。それに彼らは民間人です。まさに命からがら逃げてきた者たちですから、助けることは当然のことです」

昭和十三年三月の東條英機がまだ関東軍参謀長として、満洲に君臨していた時のことであった。

東條は樋口の筋の通った言葉と真剣な眼差しで迫った迫力に、渋々ながら理解を示した。

樋口が救った亡命ユダヤ人が、五百人あまり上海の租界にはいた。

そして、新たに六千人ものユダヤ人がシベリア鉄道を通って、上海の租界に到着していた。

彼らのソビエト通過のビザを出したのが、リトアニアのカウナス領事館に赴任していた杉《すぎ》原千畝《はらちうね》であった。

彼はナチスドイツの迫害により、ポーランド等欧州各地から逃れてきた難民たちの窮状に、外務省からの訓命に反してビザを発給した。

杉原千畝の発給したビザで、ソビエトのシベリア鉄道で満洲に来たユダヤ人を、樋口機関から独立して、大連に設立していた安江仙弘大佐率いる安江特務機関が、保護して上海に連れて行っていた。

魔都上海

昭和十五年（一九三九）春

米国から帰国して望月陸軍少尉は上海に派遣されて、ある任務に従事していた。

同じく米国まで金塊護衛に従事していた陸戦隊の佐藤海軍中尉も、上海に赴任してきたと聞いて訪ねていた。

上海の租界を主に警備を行っていたのが、海軍陸戦隊である。

車がやっと一台通れる小道を挟んで、上海の雑多なビル群の間に上海駐屯陸戦隊がある。

望月は陸戦隊の駐屯地に出向いて、土嚢を前にして立っている歩哨に、佐藤中尉につなぐように伝えた。

小道の奥はビル群の中庭がある。中庭では井戸があり、井戸では中国人の女どもが戯れるように井戸端で洗濯をしている。

更に中庭の奥の雑多なビルが、陸戦隊の宿舎になっている
望月が覗くように小道の奥を見ていると、しばらくして見覚えのある佐藤中尉が、怪訝な顔をして駐屯地の奥から歩いて現れた。

「誰かと思ったら、望月少尉ではないか」

目の前で瞳をこすりながら、佐藤が嬉しそうに声を出した。

「佐藤中尉が上海の陸戦隊に配属と聞いて訪ねてまいりましたが、時間があればどうですか？」

望月は指を丸めて口につけた。

食事か飲みに行くかのしぐさと佐藤は理解したようで、笑いながら首を縦に振った。

二人で並んで歩いていると、佐藤が望月に笑みを浮かべて口を開いた。

「何か企みがあるのか？」

　佐藤の一声に望月は無言でいたが、五分ほど歩いて口を開いた。

「企みではないが頼みがある。俺は大蔵省の中国出先機関である国務院に、席を置いている」

佐藤は思った通りだというような顔をした。ただ懐かしいだけで会いに来てはいないと踏んでいた。

石畳を歩いていくと三階建ての原色の朱色で、塗りたくっている柱に石壁の派手でケバケバしい建物が見えてきた。あたりのビルとは明らかに違い独特のいやらしさを伴った雰囲気である。

――キャバレーの大世界だ。

望月が佐藤に指をさして中に入った。玄関にはボーイが屯《たむろ》っていたが、一人のボーイが二人を見つけて案内した。

「どうか、佐藤中尉。忙しいか」

望月が、佐藤中尉に大世界のホールにあるキャバレーの席に座ると、いきなり尋ねた。

「いや。租界の中は、我々陸戦隊が警備を行っている。今のところ平穏だ。ただし毎日の様に殺人は起きているが、大規模な騒動および事変は皆無だ」

佐藤中尉の陸戦隊の受け持ち区域は、上海市の北部にある蛇口という所であり、日本租界であった。

正式には、イギリス、アメリカ、日本の共同租界であったが、実質、日本が統治していた場所である。

「今日は、改めて佐藤中尉にお願いがある」

望月が佐藤中尉に言いかけた時、太股が割れたチャンナドレスを着た若い女性が二人、望月と佐藤のいるテーブルの席に着いた。

「今晩は、私、美麗《びれい》と隣は花蓮《かれん》と申します」

微笑を浮かべカタコトの日本語で挨拶をした。

「何か。望月少尉」

佐藤中尉は、少し怪訝な顔をして、望月に尋ねた。席に着いた二人の女を無視するように佐藤に答えた。

「実は、ユダヤ人の事です。ユダヤ人を保護して満洲から上海に運んだ安江大佐と樋口中将の伝言でありますが、いずれ日本はドイツイタリアと三国同盟を結ぶことになる。そうなると、彼らの立場が悪くなる恐れが出てくる。よって、陸戦隊には保護をより一層お願いしたいと。東條の息のかかった上海の陸軍憲兵隊には、注意する必要がある」

内容を聞いて納得した顔をしていた。

「なるほど。分かった。特にドイツ人には気をつけるようにしょう。日向丸の事もありましたから」

望月の顔を見ながら、任せと言わんばかりの顔をしていた。

「ははは｜。そうだな。それに例え日本政府がナチドイツの言いなりになって、迫害を加えるようだと、安江大佐、樋口中将、それに私の上司である影佐大佐も防止すると言っておる。頼みます」

陸軍もユダヤ人たちにもしもの時は黙っていないぞと言うような顔をして、海軍陸戦隊と共同戦線を引く用意がある旨を示していた。

事実、ナチドイツの親衛隊の隊長であったヨーゼフ・アルベルト・マイジンガー大佐は、在日ドイツ大使館の駐在武官であった時に、彼がヒットラーの密命を受けて上海に乗り込み、ユダヤ人の抹殺を安江大佐に申し込んでいた。

マイジンガー大佐が安江にユダヤ人の抹殺という言葉を発した瞬間、身体から炎が出るくらい憤って怒った。

「何を馬鹿なことを言うか。貴様はそれでも人間か。まったくドイツ人は人ではない。貴様はドイツに帰れ」

すさまじい形相で言った安江に、マイジンガー大佐はあっけにとられたのか一言も発せず渋々帰っていた。

「分かった。十分心得ておく」

佐藤が言い終わると、美麗と花蓮が麦酒を二人に注いだ。

その時、望月が、ホールに入って来た男女二人の顔を見て佐藤に囁《ささや》いた。

「川島芳子《かわしまよしこ》と田中隆吉少将だ」

そこには、満洲国軍の制服を着た断髪の川島芳子がいた。川島芳子とは、日本名である。

本名は愛新覺羅顯《あいしんかくらけんき》と言い清朝の皇族 粛 親王《しゅくしんのう》の第十四王女である。

幼いころ辛亥革命で清王朝が滅ぼされた時に、日本人の粛親王の顧問だった川島浪速《かわしまなにわ》の養女となり日本で教育を受けた。

養父の川島浪速は、いわゆる大陸浪人であった。

そして、川島芳子は満洲国が成立してからは、満洲国軍人になっていたのである。

その彼女を裏で支えたのが田中 隆 吉《たなかりゅうきち》少将であった。

二人は、並んで望月たちの座っていたテーブルから少し離れたテーブルに座った。

「東洋のマタハリと田中少将か」

佐藤も二人の事は知っていた。

しばらく望月と佐藤は、二人を見ていた。

すると望月が、ニヤニヤしながら
「佐藤中尉、あの二人は喧嘩するぞ」

遠目に見ても、二人は険悪な表情であった。

「そんな雰囲気だな」

佐藤が言った途端、川島芳子が、椅子から立ち上がり田中少将に、コップに入った麦酒を顔に思いっきり掛けて、そのまま退席をして行った。

田中は、麦酒を掛けられ、しきりにハンカチで顔を拭いていたが、バツの悪そうにホールから出て行った。

その時、望月と田中少将の目が合った。

ホールの真中では、チャイナドレスを着たダンサーが、十人程踊りだしている。

そして、ダンサーの横では、ジャズマンたちが上海ジャズを奏でだしていた。

しばらく音楽と踊りで、辺り一面は賑やかになっていた。

望月と佐藤はジャズの演奏で声が聞こえなくなっていたので会話を辞めて、上海ジャズに聞き入れていたが、しばらくして演奏が終わった時、

「望月少尉。田中少将は、貴様を睨んで出て行ったぞ」

佐藤が望月に言った。

「バツの悪い所を見られたからだ。痴話げんかだ。気にすることは無い。それに俺は、奴が嫌いだ。同僚を蹴落として出世したとの評判の男だ」

佐藤中尉に、寄り添うように座っていた花蓮が、カタコトの日本語で佐藤に尋ねた。

「先ほどの話の中のマタハリとは何ですか？」

問いかけにふっと笑顔を浮かべて、

「マタハリとは、第一次世界大戦のヨーロッパでの戦争の時のドイツの女スパイの事だ。

つまり女スパイのことを指してマタハリと言う」

美麗と名乗った女は、最初は望月と佐藤の顔を見つめて、考え事をしているような顔をしていたが、ハッっとした顔になってカタコトの日本語で切り出した。

「お二人には、前にお会いしましたね」

微笑しながら囁いた。

「父と兄と私三人でサンフランシスコに行った時の船で」

望月は最初は美麗の言っている意味が分からずにいたが、美麗の顔を覗くように見て、驚いて仰け反った。

――まさか？

今度は身体を前のめりにして、美麗の顔をまじまじと見て思った。

――確かにあの時の娘だ。見覚えがある。しかしまるで別人みたいだ。長い黒髪をショートにしている。そしてスリムになって足を組んだ姿は、飛びつきたいほど妖美な色気を漂わせている。

まだ何年も経っていないのに、それにあの時は清楚で可憐な娘と思ったが、今は妖美な女になっている。この娘は何者だ。

この大世界みたいなキャバレーで、働く様な娘ではないと思うが。

日向丸でサンフランシスコに向かった時の雰囲気は、良家のお嬢さんという様な雰囲気であったことを思い出していた。

しばらくして望月と佐藤は二人で大世界を出た。

美麗と花蓮が見送りに、大世界の前まで送ってくれていたが、大世界の表は多数の車が待機していた
全て大世界の客の車であった。

望月と佐藤は、歩いて帰ることにした。

海軍の陸戦隊の本部は、大世界から表通りを歩いて十分ほどの場所に駐屯していた。

喧騒《けんそう》の中に二人はいたが、しばらく歩くと静かな街並みとなっていた。

「では望月少尉ここで」

陸戦隊の駐屯地に着くと、佐藤中尉は望月に敬礼をして、土嚢に囲まれた駐屯地の中に、消えて行った。

一人になって、先ほど再会した美麗の変わり様を思い出して、微笑んだ。

――それにしてもたった二年であの変わり様は、女は不思議な生き物だな。

望月は再び街の中に路地裏を通って行くと、あわただしく騒がしい場面に出くわした。

何事かと望月が近づいて、群衆をかき分けてみると、男が頭から血を流して、仰向けで手には拳銃が握ったままの姿で、路上に倒れていた。

倒れている男の周りを群衆が取り囲み、ただ黙って眺めているだけで、誰一人助けを呼ぶ

者はいなかった。

上海の租界では、日常の事であった。

しばらく見ていると望月は、群衆の中に知っている女を見た。

女は顔が引きつり、暗がりに時折ネオンの光が照らしだされていたが、青ざめていたのが望月からははっきり見えた。

――どうして美麗が、俺らが帰ってすぐ美麗も大世界を離れたのか。

望月はしばらく見つめていると、美麗は突然に踵を返して走り出した。

望月がその後を追うと、少し離れた古ぼけたビルに美麗は入った。

そのビルは、五階建ての石組みでできた上海の租界が、始まった初期に建てられた様な古めかしかが漂うビルであった。

ほとんどの窓は閉じられていたが、三階の部屋に一つだけ明りが零れていた窓があった。

望月は、ビルの外から眺めて、

――あの窓の部屋だな。美麗が入って行ったのは。

望月は、そっとドアーに近づき部屋の中の様子を窺った。

そして、用心のため、望月が愛用の南部式拳銃を胸にぶら下げていたショルダーから取り出して、ドアーに耳を当て澄ませて聞いていると、中から男と女の声が聞こえてきた。

「藩が殺された。銃で撃たれたのを見た」

望月は、

——女の声の主は美麗だな。

「誰だ。殺したのは」

今度は、男の声が聞こえた。

「共産党か。それとも日本の特務機関かどちらかだ」

更に別の男の声も聞こえてきた。

それからしばらく、誰の声も聞こえてこなかった。

望月は、ドアーの耳を着けて聞いていた時、下の階から足音が聞こえてきた。

多数の者の足音みたいであった。

足音に気付いた望月が、ドアーから離れ廊下の隅に隠れていると、拳銃を構えた男三人が美麗のいる部屋の前にきた。

男三人は中国人がよく着る縦襟で、膝まである便衣服《べんいふく》を着ていた。

そして、其の中の一人が勢いよくドアーを蹴り傾れ込むように、男たちが美麗のいる部屋に入った。

「キャー」

美麗の叫び声と拳銃の発射音が聞こえてきた。

望月は咄嗟に飛び出して、部屋に侵入した便衣服の男を拳銃で撃ち殺した。

望月が部屋の中に入ると、美麗が震えながら望月の顔を見て、驚いた様子で立ち竦んでいた。

美麗の仲間らしき男二名が、死んでいるのが見えた。

望月は、ゆっくり美麗の傍に近づいた時、ビルの表に車が停車する音が聞こえた。

トラックみたいな大きな音であった。すると多数の者が降りる音も続けて聞こえてきた。

そして、階段を駆け上る音が、ドヤドヤと聞こえてきた。

望月は、廊下の奥には裏階段がビルの外側に有ったのを、望月は最初に確認をしていて美麗を連れて廊下を奥に向かって走った。

「美麗、さあー早く」

裏階段を下りてビルとビルとの間の人一人通るのがやっとの道を通りぬけた。賑わいがある街中を通ってユダヤ人街のある家に着いた。

望月が保護しているユダヤ人の家であるが、多くの上海の租界にある廃ビルに近いビルの一階のドアーの前に着いた。

「望月少尉さんどうしたの？」

ユダヤ人がいる家のドアーを必死で望月が叩くと、瞳の鋭い腰を曲げた痩せた初老の女が出てきて尋ねた。

「ラケル婆さん。すまんがこの女性を匿ってくれ」

ラケルは、美麗を頭の先から足元までゆっくり見て、

「綺麗な人だね。いいわ。望月少尉の頼みでは断れませんから」

望月に右目を瞬きして笑顔で言った。

「それから、例え日本の軍人が探しに来ても言ったら駄目ですよ」

望月は、ラケル婆さんに念押しのつもりで微笑んで言った。

「分かっていますよ」

一瞬、日本兵もだめだという望月の言葉に驚いた様子であったが、意味を理解したのか首を縦に振りながら答えた。

ラケル婆さんは、ドイツからの亡命者で、ここ上海には来てから二年が経っていた。

そのためか敵味方がいつひっくり返るか、また敵味方の攻守が変わるのを肌で感じていたようだ。

ドイツから逃げる時に家族とは離れ離れになって今は独り身であった。そして彼女はここ上海で生きるために、日本語と中国語、特に北京語を必死で学んでいた。

そのために、日本語も中国語も達者であった。

窓際の壁に殺風景な木製の机と椅子とベッドしかない、ラケル婆さんが生活をしている室からさらに奥の部屋に二人は入った。

部屋に入った時、いきなり望月が美麗の傍に近寄って、

「美麗。君たちは何者だ？」

問いかけに美麗は俯いたまま黙っていた。

「当てようか」

望月は、顔を美麗に近付けて、にやりと笑い言った。

「この上海には、まず蔣介石の国民党の間者《かんじゃ》、汪兆銘の中華民国臨時政府の間者、日本の特務機関、中国共産党の八路軍、イギリス、アメリカの大使館付きの諜報員、ナチドイツの同じく大使館付きの諜報員、それから中国各地に居る軍閥の間者、それから秘密結社の青幇等が蠢《うごめ》いている。先ほどの会話から推測すると、美麗は蔣介石の国民党の者だな。美麗。そなた大世界では、情報収集を行っていたのであろう。どうだ、美麗」

美麗は望月の言葉に俯いて黙って聞いていたが、顔を上げて
「では、日本の軍隊にでも渡すの。国民党のスパイとして」

心配して、俯き加減に言ったが、その言葉を遮るように、

「残念ながら。俺の所属している特務機関は、この件は関与しない。それよりは美麗と仲間を襲ったのは、共産党八路軍の諜報員か」

疑問に思っていたことを訪ねた。

「そうです」

するとため息交じりに、

「では、当分ここでゆっくりしておれ。うかつに動くとまた狙われるぞ」

望月は、ラケルばあさんに美麗の事を頼んで、先ほどの抗争が起きたビルに向かった。

ビルでは上海租界に駐屯している陸軍憲兵隊の捜査が始まっていた。


昭和十五年七月には東條英機は、陸軍大臣に昇格し、八月には日独伊三国同盟が結ばれた。

三国同盟が結ばれたことにより、蔣介石の国民政府を支援していたナチドイツは、蔣介石の国民政府から軍事要員を引き上げ、軍事物資の提供を取りやめた。

ナチドイツのヒットラーは、三国同盟を結ぶ事で、未だ中立を表明しているアメリカへの牽制と独ソ不可侵条約を結んでいるソビエトへの牽制を考えていた。

そしてドイツは、六月にはフランスを破り、親独のヴッシー政権を誕生させていた。

十月には米国は、日本に対して鉄鋼、クズ鉄の輸出を禁止する処置を行っていた。

そして日本軍は、南京に中華民国臨時政府を樹立させて、満洲国以外にも華北、華中、蒙古にも傀儡《かいらい》政権を樹立させていた。

そのように日本を取り巻く世界情勢が益々緊迫を増していた頃、望月と美麗が、黄浦江《こうほこう》と呼ばれている上海中心を流れる川沿いにある通称、上海バンドと呼ばれている河沿いを、歩いている姿がよく見られるようになっていた。

上海バンドには、香港上海銀行、横浜正金銀行等の金融機関が軒を並べている地域であり、黄浦江沿いは広場になっており、上海市民が憩いの場所になっていた。

ある日、美麗と望月は望月が借りている部屋で、二人だけの時間を過ごしていた。

何気なく立ったまま窓の外を見ていた美麗に望月が傍によって、照れくさそうに口を開いた。

「美麗。ここで一緒に住もうか」

屈みこんで瞳を見ながら呟くように言った。

すると美麗は一瞬困惑した顔になったが、しばらくして問いかけるように口を開いた、

「新之助、いいの？　私は国民党のスパイよ。父も兄もそう」

美麗の話に笑いながら、

「俺はかまわんさ。君が何者だろうと」

美麗の肩を抱きながら力強く言った。

すると美麗はくるっと向きを変えて、望月の言葉に反応して抱きついた。

「新之助好き」

そのような日々が一ヶ月位過ぎた日の事であった。

望月が南京の中華準備聯合銀行に、横浜正金銀行の行員とともに行って帰った時に、美麗はいなかった。

置き手紙が机の上に置いてあった。

（新之助様。兄が迎えに来て、私は香港に行くことにしました。用事が済んだら、帰ってきます）

しかし、美麗は望月の元には帰ってこなかった。

ルーズベルト大統領の罠

昭和十六年三月、日本軍が南部仏印に進駐したことによって、米国は米国にある日本の全ての資産を凍結した。

それに伴って、米国から日本に対しての輸出も、大幅に制限することになった。

言わずと知れて、米国への日本からの輸出は、日本製品の不買運動がより一層活発になってほとんどのゼロに近い量であった。

影佐大佐は、昇格して少将となり、南京におり、汪兆銘の中華民国臨時政府を樹立後、臨時政府の軍事顧問をしていた。

石原莞爾からの要請に基づき、中国の現地での最大限の停戦のやり取りを行っていた。

昭和十六年三月に石原莞爾は、陸軍大臣となった東條英機によって、陸軍中将で強制的に予備役にされて下野していた。下野する前に影佐大佐と話をした石原は、中国での戦争をできるだけ穏便にできるように頼んでいた。

望月少尉は上海におり、興亜院の中の蒙疆《もうきょう》連絡部で、日本軍が占領した地域の行政経営に携わっていた。

望月少尉の上司は、東京帝国大学卒で大蔵省から出向していた大平正芳《おおひらまさよし》であった。

陸戦隊の佐藤中尉は、海軍省の高木大佐の元に呼ばれ、高木大佐と共に海軍省官房調査室において、海軍連合艦隊との情報要員として任についていた。

美麗は望月の元から去り、英国領の香港にある蔣介石の国民政府が、発行する統一通貨の元の発行を、父親と兄と一緒に重慶にある国民政府に届ける役目を行っていた。

そして美麗の体には、望月の命が宿っていた。


昭和十六年三月に岩畔豪雄中佐は、大佐に昇格して米国のワシントンのマサチューセッツ通りの真ん中にある日本大使館の駐在武官として任についていた。

岩畔中佐の部下として連絡要員の平本がいた。

日本大使館の大使室で、岩畔は駐米大使の野村吉三郎《のむらきちざぶろう》に
「閣下。本国からの電文の内容は…」

外務大臣の東郷茂徳から野村大使に暗号電文が入って来た。

「話にならん。ともかく米国の要求に対して妥協するな。我々にはドイツが付いている。来栖三郎《くるすさぶろう》とよく相談して交渉を行え。我々をまるで子供扱いだ」

野村吉三郎は、呆れた顔をしていた。

岩畔大佐は、野村の顔を見ながら、

「閣下。東郷の指示はやはり予想どおりですな」

黙って頷いて、

「岩畔大佐。コーデルハル国務長官に会いに行く」

野村は、元海軍大将で対米協調派であったが、外務大臣の東郷は、日独伊三国同盟を結んだ時の駐独大使の来栖三郎を、全権特使としてワシントンの日本大使館に赴任させていた。

野村は知らなかったが、来栖は独自に日米和平を模索していた。

日本大使館の一等書記官の岩崎英成に命じて、米国大統領のルーズベルトから天皇陛下に直接親電を発して、戦争回避の道をつけることであった。

来栖は、岩崎英成に、

「岩崎君。このようなことをさせて、もし軍部に知れたら、君と僕は陸軍に殺されるだろう。それも国賊として」

来栖の切羽詰まった言葉に、

「最悪の結果を避けるためには、犠牲になることは覚悟しています」

岩崎は、普段から親交のあったメゾジスト教会の牧師であるスタンレージョンズに会った。

スタンレージョンズは、またルーズベルト大統領とも親交があった。

そして、岩崎は米国人のグエンという女性と結婚していて、マリコという名の娘をもうけていた。

そのグエンを通じてスタンレージョンズと親交があった。

岩崎の娘マリコの名は、ワシントンの日本大使館と外務省との電話連絡の暗号として使われていた。

日米交渉がうまくいっている時は、

――マリコは元気だ。しかしうまくいっていない時は、マリコは病気になった。

野村と岩畔を乗せた車は、日本大使館を出て、米国国務省に向かった。

野村と岩畔が車に乗り込むのを、来栖が大使館の二階から窓越しに見ていた。

そして、大使館から出る車の後を白人の屈強な男四名が乗った車が、後を気付かれない様に尾行していた。

「野村大使。ハルはどのような人物ですか？」

車は平本が運転して、後部座席には野村大使と岩畔が座っていた。

車の中は、三人だけの密室であった。

野村も岩畔も英語は達者であったため、通訳の同行は必要なかった。

「ハル国務長官は、現実主義者で何とか日米対決を避けることに全力を上げている。しかしルーズベルト大統領は、英国を助けるために戦争に参加することを考えているようだ」

岩畔が
「では日本との戦争は避ける可能性はありますね」

車の後部座席のシートに沈むように座っていた野村が、

「そうだな、ドイツとの戦争に参加するためには、日本との戦争は避けようと思っているはずだし、米国国民のほとんどは戦争反対だ」

「戦争を仕掛けたいのは日本かも知れん。東條英機を含め強硬派が、今の日本を支配していますから。もし日本が米国を攻撃したら、ルーズベルトは心の中では喜ぶかも知れませんね」

「そうだな。岩畔大佐。ほんとうの敵は外ではなく内側に居るのかも知れんな」

野村は、岩畔に言ってから黙って俯いていた。

二人を乗せた車は、国務省に入った。

尾行していた男たちは、車が国務省に入るのを確認して去って行った。

バックミラーを見ていた平本が尾行している車がありますと言うと、野村と岩畔はお互いの顔を見ながら微笑んだ。

「平本。心配ないＦＢＩの連中だ。国務省に入ったので尾行は中断したようだ」

「では平本、貴様は車で待機しておれ。時間はかかるから長いぞ」

平本は運転席から頷いた。

二人はそれぞれにドアーを開けて、国務省の玄関まで歩いて行った。

車を玄関脇に止めて平本は、ゆっくりとあたりを見回したが、別段怪しい者たちは現れなかった。


「ハル長官閣下。今日は内密な話で参りました」

野村は、ハルの執務室に入るなり、緊張した顔で言った。

野村の後ろには、岩畔が控えていた。

ハルは、二人をじろりと見て、野村に尋ねた。

「彼は？」

二人は顔を交互に見ながら野村が答えた。

「駐在武官の岩畔大佐です。彼は私の同士であります」

するとハルの顔が緩んだ。

「野村大使。私は貴方を信頼している。いま私は貴国に渡すノートを作成している。ぎりぎりの案だ。あなただから見せるが」

ハルは、自分の机に置いてあった何枚かの書類を野村に見せた。

野村が、ハルから受け取って見た。

野村の顔が見る間に興奮した顔になってすぐに失望に変わった。

ハルが渡したノートには、

——中国から日本は即撤退すること。そして、日独伊三国同盟は形骸化さすこと。仏印からの撤退も即行うこと。

このノートに書いてある事から始めると、対日資産の凍結を解除して、石油、鉄の戦略物資も輸出は再開できると書いてあった。

「ハル長官閣下。このノートは」

野村は、立ってハルからのノートを読んでいたが、読み終わると同時に椅子に倒れるように座った。

「これだと日本は承知しません。ハル長官閣下」

ハルは、野村のノートを読んだ反応に失望したような顔をしていたが、

「米国のぎりぎりの線だ。これ以上の譲歩はありえない」

とはっきりと意思表示をハルは、野村に伝えた。

これ以上の会話は無理と判断して、ハルに頭を下げて野村と岩畔は、急いで車に乗り込み大使館に向かった。

車の中では、

「大使。ハル長官のノートに書いてある内容ですと、戦争になります」

岩畔の問いに野村は黙って聞いていた。

案の定、野村の打電に対して、東郷は激怒し、野村の単独の交渉には厳禁の命を発していた。

ハルとの交渉には必ず来栖を同行しての交渉しかしてはならないと、再度厳命を下していた。

そしてハルノートは、米国の最後通知との認識を持ち、日本政府の正式回答としてノーを突きつけたのであった。

米国政府は、日本との協議を中止したが、岩畔は何とか協議を再開するように、ハルの元に日参していた。

野村が来栖の監視下に置かれていたので、岩畔一人で平本の運転する車でハルの元を訪ねていた。

毎日、国務省の受付に顔を出していた岩畔の姿があった。

「岩畔大佐は平和主義者のようだ」

平本がいつものように玄関脇に駐車して待機していると、岩畔を尾行していた者たちは、車の中から何やらぶつぶつと言っているように見えた。

そして不思議なことに翌日からは、岩畔の動きから尾行を中止したのであろう姿はなかった。

しかし毎日のように国務省に出かけていた岩畔に、電信で帰国命令が下った。

「野村大使。残念ながら帰国命令が来ました」

岩畔が、野村大使に帰国の挨拶をしに野村の執務室に行くと、野村は岩畔の帰国を知っていた。

「岩畔大佐。残念だがこれ以上米国との関係が進展しない以上、仕方のないことかも知れん」

野村は、いかにも残念そうな顔をして岩畔に言った。

「多分、東條の意向だ。今一番大事な時期に貴公を帰国さすなんて。対米強硬派の者から見ると邪魔になったのだろう。誠に残念だ」

岩畔は、残念な思いでいたが、気を取り直したようにさわやかな顔で野村に対して、

「野村大使。ハル長官に帰国の挨拶をして来ます」

すると野村が、

「そうしてくれ。ハル長官は貴公を好いていたみたいだった」

岩畔は、電話でハルの秘書官に伝言を頼んでアメリカ国務省に車で向かった。

この度は、ＦＢＩは岩畔の尾行をしていなかった。

「岩畔大佐。帰国するのか」

ハルは、執務室で岩畔に向かって残念そうに言った。

「長官。私は帰国しますが、ぜひ野村大使の努力を理解してください」

岩畔が言い終わった時、ハルが岩畔に近づいてきて、手を握った。

「岩畔大佐。貴公が毎日の様にこの国務省にきて、私に面会を求めていたことは知っている。私も会いたかったのだが、貴公の国は残念ながら信用できぬ。野村がかわいそうなことは分かっているが。しかし、野村大使は幸せだ。貴公の様な部下がいて。私も全力を挙げて戦争にならない様に努力する。貴公も日本に帰っても頑張ってくれ」

と言って、ハルは岩畔の手を改めて強く握りしめていた。


昭和十六年七月に平本も岩畔と一緒に帰国した。

ニューヨークの港で日本までの船を待っていた時に、残念そうな顔をして港を眺めながら岸壁に佇んでいた岩畔に、平本は傍に寄って言葉を発した。

「岩畔大佐。本当に陸軍の対米強硬派の連中は、この米国を相手に戦争を仕掛けるのですか？」

岩畔は平本の問いかけに、口を閉ざしていたが、呟くように口を開いた。

「平本。このニューヨークの街を見てみろ。昭和四年に世界大恐慌が起きて、この米国でも会社の倒産や失業者が溢れていた。そして日本では農村の娘売りが横行して、世界に不況が広がったと聞いていたが、今や米国は立ち直っている。今のこの国は活気に満ち溢れている。この米国を相手に戦争をするということは日本をだめにする。儂は米国の国力がどんなものかよく分かった。日本に帰って陸軍だけでなく海軍にも説き伏せて、戦争回避に向けて頑張るつもりだ」

平本は岩畔の言葉に、首を縦に振って頷いた。

平本の目には高層ビルが立ち並ぶニューヨークの街並みが、とてつもなく巨大で、限りなく広がりを持っているように思えた。更に道路では個人が保有する自家用車が溢れている。

――この米国は日本とは比べようのないほどの力を持っている。こんな国と一戦を交えるなんてことは、まさに自殺行為だ。

平本は黒木から聞いていた話を岩畔に伝えた。

「岩畔大佐。横浜正金銀行の黒木さんを覚えておられますか?」

平本の問いに岩畔はすぐに黒木の顔が浮かんだ。

「覚えている。確か十四年に日本に帰ったとか?」

「そうです。金塊が売れて帰国しています。彼は銀行に勤めていた時に、日本と戦争をしないように米国の財界の連中に頼んでいたようですが、ルーズベルト大統領は戦争を日本から仕掛けるように、無理な条件を国務長官のハルにさせていたと思います。つまり日本が攻撃をしなければ戦争は起きません。ルーズベルトが仕掛けた罠に、日本がわざわざはまる必要はないと思います」

岩畔は平本の話を黙って聞いていたが、静かに平本に言った。

「ルーズベルト大統領は米国の世論を気にしている。確かに世論が戦争をすることを賛成できれば戦争になるが、世論が反対で在れば戦争にはなるまい。日本に帰って命がけで、戦争回避に向けるしかないぞ。俺は帰国したらそのように陸軍だけでなく、海軍にも説得するつもりだ」

平本は岩畔の言葉に頷いていたが、

「岩畔大佐。もし戦争になれば勝ち戦しかありませんね、そうなれば米国の国民の大半は、戦争に嫌気がさしてやめることはあり得ると思いますが。負け戦になれば日本は自滅します」

岩畔は平本の一言一言に、頷きながら口を開いた。

「これからが日本の内なる敵との本当の戦いになる。この日米が仮に戦争になるとすれば、先に攻撃した方が負ける」

岩畔は唇を噛みしめて、ニューヨークの港を見つめていた。

平本は岩畔の言葉を黙って聞いていた。

蔣介石

昭和十六年三月のことである、

興亜院では望月は、課長の大平正芳に呼ばれた。

「望月少尉。直ちに俺と同行してくれ。南京に行く。影佐大佐、いや今は少将だ、至急に来てくれとの命だ」

大平正芳は、自分の鞄に書類を入れながら望月に言った。

上海から南京までは、汽車で約八時間かかった。

「大平課長よく来てくれた。それに望月も」

汪兆銘の中華民国臨時政府の建物の影佐少将の部屋に二人はいた。

「少将。至急とは」

大平が影佐に尋ねた。

影佐は、少し考えて大平に、

「ここの汪兆銘の政府は残念ながら、国民から支持されていない。確かに我々日本軍が占領した地域は占領政策を進めているがだめだ。その証拠に昼間は圓で通用しているが、夜になると国民党政府の元の世界だ。石油、阿片等は圓でしか買えない様に取り締まりをしても無理だ。また元の札を持っているだけで逮捕するようにしても無理だ」

影佐が一気に喋って一息入れた時、大平が横から口を出した。

「少将。それで」

至急の要件が何か重要なことのように思えていた。

「そうだな。まあー飯でも食いながら話をするか」

大平の言葉を遮るように言った。

そして三人は、影佐の行きつけの中華飯店に向かった。

影佐は、テーブルに着くなり、麦酒を注文した。ほどなくして運ばれてきた麦酒をコップに自分で注いで、一気飲みに近い勢いで飲んだ。ふーとため息をついた後に、

「大平課長、望月、三人だけの秘密にしてくれないか。いまから俺が話すことを」

二人は、無言で頷いた。

「俺は、重慶《じゅうけい》に行って、蔣介石と話をする」

大平と望月は顔を見合わせた。

「危険すぎます」

思わず望月の口から言葉が出た。

「危険は承知だ」

影佐の顔には、決意が並々と滲みでていた。

「このままだと、日米との溝が、深まり抜き差しならぬ事になりそうだ。蔣介石との戦争がやがて日米戦争に発展する。その前に蔣介石との戦争が終われば、日米開戦の根拠もなくなる。ぜひやらねばならぬ。蔣介石も、日本との戦争を遂行するために不本意であるが、共産党とも手を握った。日中戦争が終われば蔣介石も助かるはずだ」

「条件は？」

大平が口を開いた。

「段階的撤退だ。しかし満洲国は日本の生命線だ。ここを手放すわけにはいかん」

望月が、少し小声で遠慮したように
「蔣介石が納得しますか？」

しばらくダンマリが続いたが、突然に口を開いて、

「面と向かって満洲をくれと言ったら駄目だろうが、まず中国本土からの段階的撤退をして行くことにより、事実を認めさせることが重要であろう」

影佐は、更に
「おとなの話をすれば良い」

なぜか自信が体全体から湧き出ているような口ぶりであった。

「しかし仮に蔣介石が納得しても、東條が納得しますか？」

大平が不安な顔で尋ねた。

「その時は、東條を殺すか…。日本が助かるのであれば東條を殺すことは簡単な事だ」

大平と望月が呆れた顔をすると、影佐は、

「冗談だよ。それと上海のユダヤ人はどうだ」

望月が、心配そうな声で、

「保護を一切するなとの軍令がありました」

すると望月の報告を聞いた後、大きくそして深く息を吸って、

「東條の指示だな。あ奴らはヒットラーの顔色ばかり窺っておる。望月、軍令は無視しろ。かまうな。興亜院で圓を定期的に配れ、それで生計はできるだろう。安江と樋口中将には俺から話を付けておく。二人とも心配しているからな」

腹を括った顔をした。

望月は上海のユダヤ人の保護と圓の提供を済ました。

そのあとに影佐少将と望月と、青幇の黄金栄と黄金栄の弟分である杜月笙に、蔣介石本人との面談を秘密裏に行う手順を託して、重慶に向かった。

黄金栄が手配したのは、長江を船で上って重慶に行く方法である。

杜月笙が同行した。

黄金栄が杜月笙に笑顔を見せて言った。

「今度の重慶までの旅には、船に積めるだけ元と阿片を詰め込め。日本軍の影佐少将と部下二名との旅だ。蔣介石に会わせる条件として、目を瞑《つぶ》ることを了解させた。日本軍の占領地は影佐少将が乗っている船とわかれば、日本陸軍の検問も簡単に通る。国民政府の地域に入ればこちらで対応する。この際しっかりと儲けよう」

すると杜月笙が、不安げな顔をして問うた。

「蔣介石閣下はどう出るか?」

首を振りながら、

「会う事は了解したが。話が付くかどうか」

しばらく二人の間に沈黙の時間が過ぎて言った。


影佐と望月に汪兆銘の政府に派遣されている丸坊主に口髭を生やした今井武夫大佐が、途中から合流し同行した。

今井大佐は影佐同様、中国との戦争には不拡大派である。

船は、ジャンク船に発動機を取りつけていたが、ジャンク船は、風のある時は、帆で航行し、また帆を斜めにすると風上にも航行が可能であった。

望月たちが乗り込んだジャンク船は、船の底が平底で川での航行にはもってこいの船である。

影佐と望月と今井大佐は、船の中で平服に着替えていた。

望月が、黄金栄が手配したジャンク船の甲板に居ると、影佐と杜月笙が船内から出てきて望月の傍に来た。

「望月さん。御機嫌はどうですか？」

杜月笙が慣れ慣れらしく望月に声を掛けた。

「俺より杜月笙殿の方がご機嫌だな」

望月が少し皮肉げに言うと、

「もうすぐ日本の占領地は終わりますよ。これから先は国民党の地域です」

一言だけ満足げな顔をして、船室に消えて行った。

船がしばらく行くと、小舟が波を勢いよく掻き分けて近づいてきたのが見えた。

近くまで依ってきた小舟には、国民党の軍服を着た男たちが、手にはイギリス製の弾倉が横に付いているマシンガンを持っていた。

望月は、愛用の南部式拳銃を握り絞めたが、小舟を、ジャンク船に横づけて男たちが乗り込んで来た。

杜月笙がなにやら指揮官らしき男に言うと、男は今まで強張っていた顔が緩んだ。

その後、国民党の兵たちは、黙って小舟に引き換えして、まるで護送しているように望月たちが乗っているジャンク船の左舷を並行して進んでいた。

「影佐閣下。いよいよこれからが本番ですな」

望月が影佐に言うと、影佐が
「望月あいつらの武器を見たか。イギリス製のマシンガンを持っている。香港から陸路でアメリカ製とイギリス製の武器弾薬が、大量に重慶《じゅうけい》に運ばれている。また元の紙幣も香港で印刷されて運ばれている。イタチごっこだ」

影佐の顔には、諦めに近い表情が有った。

船が重慶の長江に浮かせてある桟橋に着いたが、桟橋を見ると桟橋からは十メートルほどもある階段が伸びていた。

望月は、階段を上がりながら、

――いよいよ敵の本陣だな。生きて帰れるか分からんぞ。

影佐も今井も同じ思いであった。

杜月笙の案内で三人は、蔣介石のいる屋敷に車で向かった。

蔣介石の屋敷は重慶の郊外にあり、厳重に何重にも警備が敷かれていた。

山の中腹をまるで削り取ったような広場があり、山際のその奥に蔣介石の屋敷はいくつかの建物が建てられている。

建物の屋根には雑草で覆われた針金で編まれたネットが、覆いかぶせるように掛けられていた。

空からでは山の一部にしか見えない。

その上に日本軍の空からの爆撃に隠されるように建てられている。

更に屋敷に入るには道路から、土嚢を何重にも交互に積み上げられている道を通る。屋敷に突入する者たちを防ぐために、土嚢の傍には幾人かの兵士が目を光らせていた。中には機関銃も据え付けられている土嚢もあった。

更に大きな扉が設けられている門を通って広場に出る。

望月は車の中からあたりを見回して、思った。

——さすがに蔣介石の屋敷は厳重だな。

屋敷に入ると、三人は別室に待機させられ、身体検査を受けさされ、望月の拳銃は没収された。影佐は最初から丸腰であった。

今回の蔣介石との面談は、他の国民党の幹部たちには内密にしていた。

黄金栄の配慮であった。

蔣介石との面談は、影佐一人で行われた。

影佐は北京語が得意であり、蔣介石は日本に留学していた関係で、日本語は達者であった。

それも二度の留学である。

二度目の留学では、陸軍の第十三師団高田連隊の野戦砲兵隊の隊付将校として実習を受けていた。

そのために、日本語は達者であった。

望月と影佐と今井の三人は別室で待機させられ、蔣介石の都合の良い時間に呼び出されることになっていた。

そのため、一歩たりとも三人は別室から出ることは許されなかった。

夜になると、日本軍の重慶爆撃のため、灯火管制が引かれ屋敷の中は、真っ暗な闇が覆っていた。

影佐は別室から蔣介石の居る部屋に向かう時は、意気揚々として出かけていたが、望月のいる別室に帰ると、気分が高揚していているのか顔は硬直していた。

また帰るたびに、影佐は怒りを抑えられずに、部屋に有った灰皿を投げることもあった。

望月は、影佐の行動を見るたびに、思った。

――交渉はうまく行ってないな。

ほぼ一週間が経った日の事である。

顔を顰めて出ていったが、別室に帰った影佐は、望月と今井の顔を見るなり笑みを浮かべていた。

「望月。今井。帰るぞ。蔣介石はまず日本軍が撤退の態度を示せば、満洲国は事実で認めると言ったぞ。これから書面を俺は書いて、蔣介石のサインをもらうつもりだ」

影佐は、机に向かって書面を書いて後、別室から出て行った。

望月が、二階の別室から窓越しに蔣介石のいる屋敷の建物の玄関を見ると、一台の車が今にも出発するように待機していた。

車の中には人影が運転手以外におぼろげに見えた。

すると玄関から妙齢の女と男二人が出てきて、玄関先まで見送りだろうか数人の軍人と握手をした後に、車に乗り込むのが見えた。

「あれは……美麗だ」

望月は大声で叫んで、急いで階段を下りて玄関に向かったが、すれ違いに車は出て行った。

――美麗。元気でいたか。なぜ連絡をくれぬ。

望月が、美麗の乗った車を追いかけたが、望月の行動に屋敷を警護していた国民党の兵士に妨害された。

美麗の乗った車は屋敷から出て行くのを、望月は見守るだけであった。

美麗は、蔣介石の屋敷に香港から運ばれていた元の確認に訪れていた。

「さあ、望月帰るぞ。帰ってからが本勝負だ」

別室に入って来た影佐が大声で叫んだ。

「望月。面白い話を蔣介石から聞いた。スターリンが国民党政府に武器弾薬を援助している。毛沢東の共産党の八路軍ではなく。どういう事か分かるか。スターリンは、毛沢東を信用していないという事だ。それか国民党ごと赤化する計画かも知れんが」

「ではスターリンは日本を恐れているということですか。つまり敵の敵は味方だということでしょう。ところで影佐少将。無事、上海に帰ったらどう動きますか？」

望月が、影佐に問うた。

「まず支那派遣軍総司令官陸軍大将の畑禎三六に言う。畑大将は東條を嫌っているからな。それに満洲国を蔣介石が事実的に承認すれば理解するはずだ。それより望月、元気がないようだが、何かあったのか」

顔を覗くように言った。

「いえ、何もありません。大丈夫です。多分緊張していましたからでしょ」

望月は、影佐に個人的なことまでは話せなかった。

そして杜月笙と共にジャンク船で、今度は重慶から南京に向かい、それから影佐と畑で対東條に対する支那事変の解決策を協議した。

しかしその後、畑が東條に対米戦争よりも支那事変の解決に専念すべしと具申したが、東條からの返事は、

「現地軍の司令官は前だけを見ていろ。後の事は貴様の役割ではない」と一喝された。

影佐が畑から東條の返事を聞いて、

――やはりそうか。畑では性格的に反抗しないな。やはり東條を暗殺するしかないか。そうでもしなくては日本にとって大変なことになる。いくら我々が頑張っても、まず石原莞爾に一度相談して見るか。

それと、日本軍と協力関係にある汪兆銘の軍を前面に配置して、日本軍を段階的に撤退させる。

百万もの大軍を中国本土に展開している日本軍は、満洲国の警備に専念させる。

影佐はこれからが正念場だな、と決意を新たにしていたが、ほどなくして影佐に一通の命令書が届いた。

望月は美麗の事が気になっていたが、興亜院に帰って大平の下で働いていた。

石原莞爾の苦悩

影佐と望月が命をかけて重慶に向かっていた時、東條英機から陸軍の予備役に退官させられた石原莞爾は、立命館の国防学の教授として京都にいた。

しかし、石原莞爾の動向を東條英機の命で、陸軍憲兵隊と特高警察が二十四時間監視をしていた。

特高警察とは、特別高等警察の略で内務省直属の秘密警察組織である。

治安維持法の制定により、特高警察は思想犯、政治犯等の取り締まりを秘密裏に強化していたが、東條が陸軍大臣に就任した段階には、東條の私兵的な動きを行っていた。

石原莞爾が借りていた家は、京都の伏見にあった。

伏見町の桃山にある書店の二階である。

石原莞爾の下宿していた家には、立命館の学生が毎晩の様に来ていた。

この日も学生が十人程石原の家に押しかけていた。

「石原先生。先生は今の日本をどう思われますか。対米決戦だと新聞などでは騒いでいますが」

一人の学生が石原に尋ねた。

すると石原は徐《おもむろ》に、

「学生諸君一つ聞くが、物を売ってくれないからと言って戦争をする馬鹿がいるか。いるとすると東條英機しかいない」

学生たちが一斉に頷き大声を出して笑った。

学生たちの笑い声は、家の外まで聞こえていた。

そして、石原の借りていた家の隣の家は、特高警察が密かに借りていた。

石原莞爾を監視するためである。

「先生は、満洲国を作られたそうですが、聞くところによると、なぜ中国からは撤退をしろと言われているのですか」

学生の問いに石原は、腕組みをしながら少し間を開けて言った。

「満洲国は日本の生命線だ。日露戦争で満鉄を日本が統治してから、日本が絶対に必要な国になった。しかし中国は違う、中国は中国人の国だ。だけど満洲国は違う方向に行ってしまった。儂は例えば日本人が満洲国に移住するのであれば、満洲人になるために国籍を満洲国にすべきだといつも言っていた。しかし現実は違う。満洲人の田畑を日本人が取り上げて移住している。もってのほかだ。儂の描いていた満洲国とは、まるっきり違う国になっておる。残念だが」

立命館の学生たちが、石原の家から帰るのは、いつも十時を回っていた。

この日も、いつもの様に学生たちが石原の家から出た時に一人だけ遅れて歩いていると、突然暗闇から三名の男が飛び出してきた。

「誰だ」

学生がびっくりして叫んだ。

すると男の一人が、

「特高だ。静かにしろ。お前に聞きたいことがある」

特高に連行された学生の名は、大橋健吾で出身は黒木と一緒の富岡市出石町であった。

「石原の話したことを言え」

特高が石原の話を自白さすために、連れて行かされたのは京都の警察署の一角であった。

大橋は、特高の者たちの脅しには屈しなかった。

「まあー良い。喋らないのなら体に聞くだけだ」

特高の警官の一人が、薄ら笑いを浮かべ大橋に言った。

彼が釈放されたのは、翌日の正午に近い時間であった。

彼はそのまま警察署を出て、そのまま立命館大学に向かった。

警察署から歩いて、息も絶え絶えに立命館の石原の教授部屋に入った。

大橋が歩いていると、道を歩いている人が遠巻きに心配げな顔で見ていた。

中には、大橋に声を掛ける者もいたが、大橋は、

「大丈夫です」と言って歩いた。

大橋が石原の部屋に入るなり、倒れた。

たまたま国防学の授業がない時間であったので、石原は部屋にいたが、

「どうした。大橋。直ぐ病院に連れて行け」

石原は、傍にいた助手に指図した。

大橋は、体の至るところに腫れて膨れていた。

竹刀で背中を滅多打ちに叩かれていた。

「先生。特高に連れて行かされましたが、先生の話は一切言いませんでした」

とだけ言って意識がなくなっていた。

心配した学生たちが石原の部屋に来たが、石原は、学生たちに命じて、大橋を急いで病院に運ぶように指示し、自分の日ごろ使っている椅子に腰を掛けて、

――これ以上立命館大学にいると、学校と学生に迷惑がかかる。

故郷に帰って百姓でもするか。

石原が立命館大学に辞表を書いて、故郷に帰るため京都駅に行くと、立命館のほとんどの学生が石原を見送るために来ていた。

その学生の中に、特高から竹刀で叩かれながらも石原の事を一切話もしなかった大橋もい

た。

「大橋。悪かったな。儂のせいで迷惑を掛けた。体は大丈夫か」

大橋を含め学生は涙を流していた。

「石原先生、万歳」

学生の一人が涙ながら大声で叫んだ。

するとほとんどの学生が一斉に、

「石原先生、万歳」

と大声で叫んだ、その声は大きくうねりとなって駅に響きわたるぐらい凄まじい勢いを伴っていた。

「大橋。ぜひ儂の故郷を訪ねてくれ」

その様子を探っていた特高の一人が、傍に居た同じ特高の同僚に、

「石原は学生に人気が有りますな」

と言うと、同僚は、

「だから要注意人物なのだ。特に今の東條閣下から見ると」

石原が京都駅から汽車に乗った時、京都では珍しく小雪が舞っていた。

日米決戦

昭和十六年（一九四〇）十月

東條英機が首相に就任した。

山本五十六率いる連合艦隊は、アメリカ太平洋艦隊への航空奇襲を行うための訓練を、鹿児島の錦江湾を、真珠湾に見立てて行っていた。

また別動隊として、特殊潜航艇での真珠湾潜入の訓練も行っていた。

作戦には、特殊潜航艇を後甲板に搭載できる伊一六、伊一八、伊二〇、伊二二、伊二四の潜水艦が選ばれていた。

また大本営陸軍部では、南方作戦の発動を控えて、陸軍の中の精鋭部隊である広島を駐屯地とした第五師団を海南島に派遣して演習を極秘に進めていた。

海南島は、沿岸周囲百キロであり、マレー半島と同じ距離であった。

参謀陣にも日米決戦を叫ぶ大本営の陸軍将校が当てられ、資材も最良のものが割り当てられた。

ついに東條英機内閣は、帝国国策要領を決定し、大本営を設置した。

会議に出席したのは、九名の軍部の高級将校と高級官僚である。

ほとんどの日本国民が知らされないまま大東亜戦争へと、日本は大きく舵を切ったのであった。

以降、陸海軍は十二月八日を開戦予定日として、真珠湾攻撃とシンガポール攻略を含む南方作戦を本格化したのであった。


具体的な作戦としては南方の資源獲得作戦は、軍部では【あ号作戦】と命名されていた。

フィリピン作戦は「M作戦」、マレー作戦は「E作戦」、蘭印作戦は「H作戦」、グアム作戦は「G作戦」、英領ボルネオ作戦は「B作戦」、香港作戦は「C作戦」、ビスマルク島作戦は「R作戦」と命名された。

連動して実施される海軍による真珠湾攻撃は「Z作戦」と命名された。

南方作戦の目標は蘭印即ちオランダ領インドネシアの石油資源の獲得であった。

このために開戦初頭まずアメリカ領フィリピンとイギリス領マレーを急襲して足場を築き、迅速に蘭印を攻略する。

そして資源を確保するとともにスンダ列島に、防衛線を形成するという構想であった。

作戦計画としては、フィリピンとマレーの両方面に対し同時に作戦を始め、次にボルネオセレベス、逐次攻略し、東西両方向から最終目標であるジャワ島を攻略するとされた。

別に、開戦後速やかに香港、イギリス領ボルネオ、グアム、ビスマルク諸島、モルッカ諸島、チモール島を攻略し、また開戦初期独立国ではあるがタイに進駐し、イギリス領ビルマでの作戦を実施するとされた。

これらと連動して、開戦初頭、連合艦隊をもってハワイオアフ島の真珠湾にあるアメリカ太平洋艦隊主力を、奇襲して戦力を減殺し、一部をもってウェーク島を攻略するとされた。開戦予定日の十二月八日はマレー半島での上陸作戦が、可能な気象条件からぎりぎりの期限として定められたものであった。

大本営ではジャワ島攻略終了までに要する日数を、百二十日間と予想していたようである。南方作戦に使用される陸軍の兵力は十一個師団三十六万余にのぼった。

海軍は南方作戦と真珠湾攻撃とに、その総力をあげてあたることになった。

そして、大本営海軍部では、鹿児島県で訓練を終えた艦隊に、大分県の佐伯湾に集結させ最終演習を終えていた準備命令を発した。

準備命令を受けた南雲忠一中将指揮下の旗艦赤城および加賀、蒼龍、飛龍、翔鶴、瑞鶴を基幹とする日本海軍空母機動部隊は、密かに佐伯湾から太平洋に出て、日本列島を北上しながら択捉島の単冠湾に集結した。

また、海南島に集結していた陸軍部隊は、海軍の輸送船に乗り込んでいた。

日米戦争を決定する暗号が関係各所に知らされた。

戦争開始の場合は、――ニイタカヤマノボレ。

奇襲に成功した場合は、――トラトラトラ。

戦争回避の場合は、――ツクバサンハレである。

司令長官南雲忠一中将とし、参謀長草鹿龍之介少将が作戦全般の指揮に当たる。

戦力として南雲長官直轄、空母「赤城」、「加賀」、司令官：山口多聞少将、空母「蒼龍」、「飛龍」司令官：原忠一少将、空母「瑞鶴」、「翔鶴」そして艦載航空機三百五十機の内、零式艦上戦闘機七十八機、九九式艦上爆撃機二十九機、九七式艦上攻撃機百四十三機の航空勢力で持って真珠湾の太平洋艦隊に航空奇襲を行うこととした。

戦艦比叡、霧島を主力に重巡洋艦「利根」、「筑摩」それに駆逐艦九隻が後に連なっていた。また輸送艦、油送艦十隻余りが静かに択捉島の底冷えのしているそして雪が舞い上がっていた単冠湾《ひとかっぷわん》を出港して行った。

いよいよ運命の時が近づいていた。

また、陸軍は山下奉文《やましたひろふみ》中将を司令官として、総勢四万あまりの将兵が乗った輸送船は、一路マレー半島に向けて航海をしていた。

岩畔大佐は近衛師団の歩兵第五連隊長として、マレー半島に向けて南下していた輸送船の船上にいた。

平本、多賀、田尾の三人も岩畔に従っていた。

デッキの縁に両手を置いて海を見ながら、独り言を言ったように小声で呟いた
「こうなったらトコトン暴れるしかない。このアジアから欧米を追い出してやる」

厳しい瞳で海を見つめて口を開いた岩畔の決意を傍にいた平本と多賀、園尾の三人は、思わず息を飲みこんだ。

皆一様にこれから起こる戦の動向を気にしていた。

特に平本は岩畔と共に日米開戦の回避に向けて米国で努力をしていたかいもなく、戦争になった無念さを心に大きな刻んでいたが、戦争になった以上は、全力で勝つしか方法はないことも肝に銘じていた。

——大日本帝国はまんまとルーズベルトの罠にはまったが、ルーズベルトの好きにはさせぬ。

ルーズベルトは心の中では手を叩いて喜んでいるに違いない。それにドイツとイタリーが米国に宣戦布告したことで、英国のチャーチル首相は胸を下ろしているに違いない。こうなったらアジアから米国、イギリス、オランダ、フランスを追い出すし、それぞれの国を独立させることが、本当の意味で戦いに勝つことになる。命を懸けて戦うぞ。

十二月八日朝六時NHKの臨時ニュースが国内で一斉に流れた。

(臨時ニュースを申し上げます)

大本営陸海軍部、十二月八日午前六時発表。

帝国陸海軍は今八日未明、西太平洋においてアメリカ、イギリス軍と戦闘状態に入れり。

ワシントン駐在の外交官岩崎英成の努力で、ルーズベルト大統領から天皇陛下に親電が発せられたが、親電が天皇陛下に届いたのは、真珠湾攻撃の二十分前であった。

ハワイ奇襲航空部隊は真珠湾のあるオアフ島の上空に達していた。

このことを岩崎英成にとって、また大日本帝国にとって、真逆にルーズベルトは捉えた。

米国の大日本帝国大使館の宣戦布告の暗号解読に手間がかかり、宣戦布告の米国への通達が大幅に遅れたために、あたかも宣戦布告なき奇襲攻撃とルーズベルトは捉えた。

米国議会でルーズベルトは、リーメンバー・パールハーバー（真珠湾を忘れるな）と演説して、米国民に大日本帝国にだまし討ちにされたと言って、戦争の正当性を訴えていた。

このことで米国国民は、一斉に大日本帝国との戦争に舵を切った。

またヒットラー率いるナチスドイツは日本の真珠湾への攻撃を聞いて、イタリアとも米国に宣戦布告をしたのをもって、米国は大日本帝国、ナチスドイツ、ファシストイタリーとの戦争に本格的に進んでいく。戦争は世界第二次大戦へと広がっていくことになった。

香港には、日本軍は三万七千名の軍で、十二月八日未明に攻撃を開始した。

たまたまであったが、その時に美麗と正文は重慶にいた。

影佐少将は南京で真珠湾への攻撃の第一報を聞いた。

――馬鹿な。大変なことになるぞ。日本は米国を本気で怒らせた。

影佐は汪兆銘の軍事顧問であったため、情報は疎外されていたが、手には満洲の砲兵隊への転属命令書を持っていた。


上海では、海軍の陸戦隊が上海の租界の閉鎖を行って、アメリカ国籍、イギリス国籍の者たちを逮捕して、上海租界の中に急造した捕虜収容所に隔離をした。

上海の興亜院にいた望月は課長の大平と共に、これからの日本の行く末を神妙な顔で考えていた。

その時だった望月の部下の一人が、慌てて部屋に入るなり、望月に、

「張嘯林が大世界の前の路上で殺されています」

部下の言葉を聞いた望月は、予期されたかのように静かに答えた。

「張嘯林は、杜月笙と黄金栄に殺されたのではないか。ふたりは、上海から逃げたとのうわさがある」

納得したような言葉で部下に言った。

すると大平が、

「俺もそう思う、張嘯林一人に甘い汁を吸わすことはないと踏んだのであろう。杜月笙と黄金栄に殺されたと思う。どっち道、青幇の内部抗争だ。それよりユダヤ人たちはどうしている」

部下が、大平の問いに、

「動揺をしています」

望月が、

「課長。租界に行って、ユダヤ人たちに心配をするなと言ってきます」

「そうしてくれるか。頼む。どんなことがあっても儂らが守ると」

望月は大平の言葉を噛みしめながら、租界のユダヤ人街に向かった。


海軍省にいた佐藤中尉は、高木大佐と共に連合艦隊の真珠湾攻撃の成果を聞き、胸を撫で下ろしていた。

「高木大佐。良かったですね。成功して」

日本軍の真珠湾攻撃の一報を聞いた高木の顔は、なぜか沈んでいた。

「しかしこれからが本当の戦いになる。何せアメリカ太平洋艦隊の空母を、取り逃がしているからな」

第三話

暗殺

陸軍中野学校卒　桜井政志陸軍少尉

孤独な勝利

昭和十六年（一九四〇）十二月八日

黒木は米国から帰って横浜正金銀行の本店勤務をしていたが、たまたま実家に帰省していた時に、実家の店に置いてあったラジオで大本営発表を聞いて、斉藤隆夫《さいとうたかお》の家に走って向かった。

その日は、隣組と称していた町内の家の者たちが、大事な放送があると黒木の実家の店に来ていた。

斉藤隆夫の家は、黒木の実家が営んでいる蕎麦屋から、出石城の本丸跡に明治になって立てられた高燈籠の前を通って、城の表門からほぼ一キロ先の家老屋敷の裏手にあった。

「斉藤先生。戦争が始まりました」

斉藤の家に飛び込んだ時、玄関の土間に据え付けられていたラジオの傍で斉藤が立ちつくしていた。

「俺もいまラジオで聞いた」

斉藤の顔は、心配な表情を浮かべていた。

「斉藤先生。これからの日本はどうなるのでしょうか」

黒木にとっては、米国との戦争は、想像を超える事であった。

「分からんが、容易ならぬ事になった。今度の選挙は厳しいぞ。儂は戦争の停止を選挙民に問うつもりだ」

その顔には、今まで黒木が見たことのない斉藤の険しい顔があった。

斉藤が出馬を考えていた国政選挙は、昭和十七年に実施の予定であった。

「しかし先生、選挙は実施されますか」

まるで天を仰ぐように見上げて言った。

「それは実際どうなるか分からんが、選挙は選挙だ。選挙をしないという事はない。今までも日中戦争の時にも選挙は行われていた」

険しい顔が苦痛の顔になっていた。

「でも先生、米国との戦争です。長引けば」

畳み込みように言うと、

「そのために、選挙には必ず勝たねばならぬ。そして戦争を一刻も早く終わらせねばならぬ」

二人が、話をしている時、玄関に人影が現れた。そして玄関口の外から
「斉藤隆夫はいるか」

黒木が、玄関から出ると、二人の男が立っていた。

どちらも帽子を被り、コートを着ていたが、いかにも警察関係者の特徴である目が鋭く、人を疑っている目をしていた。

「我々は、特高である」

黒木が聞くまでもなく、自分たちから名乗った。

黒木が、

「先生は、おられますが。御用件は」

と言うと、つかさず特高の刑事は、

「つべこべ言わず、斉藤を出せ」

と高圧的な態度で言った。

刑事と黒木の会話を聞いていた斉藤が玄関から出てきて、

「何事だ」

すると刑事が、

「斉藤か。話がある。この度は貴様に忠告に来た。今度の選挙の準備をしているらしいが、もし反戦的な言動が見られたら、治安維持法で逮捕する。良いか」

ドスの聞いた声で、刑事の一人が言った。

「お前たちと話をすることはない。帰れ」

斉藤も負けずに大声で、睨みながら言ったのであった。

斉藤宅の近所の者たちが、斉藤を心配して集まっていた。

翌日の新聞の一面は、真珠湾攻撃の戦果一色であった。

戦艦の沈没が四隻、ウエストバージニア、アリゾナ、オクラホマ、カリフォルニア、大破が三隻、テネシー、ネバダ、ペンシルバニア、中破が一隻メリーランドである。

破壊した航空機は二百機以上であった。


斉藤が挑んだのは第二十一回帝国議会衆議院選挙である。

昭和十六年にそれまでの政党が自主的に解散し、大政翼賛会《たいせいよくさんかい》を形成していた。

つまり、政党としては大政翼賛会しかなく、大政翼賛会に入っている政治家は、推薦という事で選挙に挑んでいたが、斉藤は、非推薦での出馬であった。

投票資格としては二十五歳以上の男性で全国では千四百五十九万四千二百八十七の者が有権者であった。

斉藤の出馬は、陸軍憲兵隊、特高警察に睨まれての出馬であった。

投票日は、四月三十日と決められていた。

帝国議会衆議院選挙は、全国全て中選挙区制が取り入れられていた。

斉藤は、地元の但馬選挙区からの出馬であった。

選挙戦が始まった。

斉藤は、但馬選挙区で辻説法から始めた。

「先生。今度は憲兵です」

黒木が、憲兵の姿を見て囁いた。

斉藤が行く先々で、陸軍の憲兵隊の制服を着て、腕には大きく憲兵と書かれた腕章をしている者たちがいた。

「かまわぬ。憲兵にも俺の言う事を聞かせてやる」

斉藤は、道行く人に戦争の愚かさを説いていた。

すると憲兵たちは、斉藤の演説に集まった群衆に対して、斉藤の目の前で鋭い目を向けて解散するように手で威圧したのであったが、群衆は、斉藤の演説に聞き入っていた。

斉藤が演説を終えて、一息入れた時、黒木に、

「黒木君。皆戦争への恐怖はある。いくらお国のためと美辞麗句を並べても、親兄弟は心配でたまらんのだ。まして赤紙で招集された者たちは命を捨てることになる。堪らんのだよ。そして泣き言等言えば非国民と言われ家族親戚まで村八分にされてしまう。本音は皆、黙って耐え忍んでいる」

「先生」

黒木は涙を流しながら、斉藤の手を握った。

斉藤の戦いは、まさに孤独の中での国家との闘いであった。

それからしばらくして、黒木の身に事件が起きた。

姫路に駐屯地を持っている第十師団の歩兵二等兵としての徴兵として、赤紙が黒木の家に

届けられたのであった。

黒木は、長男でありいくら大東亜戦争が始まったと言っても、長男から真っ先に赤紙が来ることはなかった。

普通は、独身の次男から赤紙は出されるはずだが、これは、嫌がらせ徴兵であった。

赤紙とは、一厘五銭での切手による徴兵の葉書のことである。


大東亜戦争での開戦時の日本軍の戦いである。

【フィリピンでの戦いは十二月八日午後、日本軍はアメリカ領フィリピンのクラーク空軍基地を空襲した。

十二月二十二日にルソン島に上陸し、一月二日には首都マニラを占領した。

しかし、アメリカ極東陸軍のダグラス・マッカーサー司令官はバターン半島に立てこもる作戦を取り、粘り強く抵抗した。

四十五日間でフィリピン主要部を占領するという日本軍の予定は、大幅に狂わされ、コレヒドール島の攻略までに百五十日もかかるという結果になった。

香港の戦いは十二月九日、イギリス領香港への攻撃が開始された。

準備不足のイギリス軍は防衛線を簡単に突破され、十一日には九龍半島から撤退した。

日本軍の香港島への上陸作戦は十八日夜から十九日未明にかけて行われた。

島内では激戦となったが、イギリス軍は給水を断たれ二十五日に降伏した。

そして、日本軍が最初に押さえたのが、重慶政府即ち蔣介石の国民政府の元札の発行を行う印刷工場であった。


アメリカ領グアム島へは、十二月十日未明に海軍陸戦隊が上陸した。

アメリカは日本の勢力圏に取り囲まれたグアム島の防衛を当初から半ばあきらめていた。

アメリカ海兵隊の守備隊は、同日中に降伏した。


一九四二年一月二十三日にオーストラリア委任統治領のニューブリテン島ラバウルに上陸した。

ラバウルは、トラック島の日本海軍基地を防衛し、アメリカとオーストラリアとの連絡を妨害する上での重要拠点であった。

守備隊のオーストラリア軍は二月六日までに降伏した。

アメリカ軍は空母機動部隊によるマーシャル諸島などへの散発的な空襲を行っていたが、日本軍のラバウル進攻を察知し、空母レキシントンを基幹とする機動部隊を派遣し、一撃離脱に限定した空襲を計画した。

しかし二月二十日に日本軍に発見され攻撃を受けたことから、作戦継続を断念して引き返した。

ウェーク島の戦いは、アメリカ領ウェーク島は、中部太平洋におけるアメリカ軍の重要拠点のひとつであった。

十二月十一日、日本軍の攻略部隊はウェーク島へ砲撃を開始したが、反撃により逆に駆逐艦「疾風」と駆逐艦「如月」が撃沈され、上陸作戦は中止となった。

二十一日、ハワイから帰投中の機動部隊の一部を加えて攻撃が再開され、アメリカ海兵隊は、激しく抵抗したものの二十三日に降伏した。

蘭印作戦は、開戦後、戦況が予想以上に有利に進展したため、南方軍はジャワ作戦の開始日程を一ヶ月繰り上げた。

一九四二年一月十一日、ボルネオに上陸、同日、海軍の空挺部隊がセレベス島メナドに降下し蘭印作戦が開始された。

一月二十五日にバリクパパン、一月三十一日にアンボン、二月十四日にパレンバンと順次攻略していった。

米英オランダ連合軍の艦隊は、スラバヤ沖海戦とバタビア沖海戦で潰滅させられ、三月一日に日本軍は最終目標のジャワ島に上陸した。
ジャワ島の米英オランダ連合軍は三月九日に降伏し、予想外の早さで蘭印作戦は終了した。

ビルマの戦いは、十二月八日以降タイ国内に順次進駐し、タイ・ビルマ国境に集結した。一九四二年一月十八日、イギリス領ビルマへ進攻し、三月八日にラングーンへ入城した。さらに四月上旬から北部ビルマへの進撃を開始、イギリス軍と中国軍を退却させて五月下旬までにビルマ全土を制圧した。

岩畔大佐と平本と多賀、園尾は、マレー作戦で捕虜としたインド兵たちを組織化して、インド国民軍を立ち上げていたが、平本は岩畔大佐と共にビルマでインド国民軍の軍事訓練を行って、多賀と園尾はカンボジアのプノンペンとベトナムでのサイゴン（現ホーチミン）で、フランス軍の動向の監視を行っていた。

セイロン沖海戦は、マレー沖海戦で主力艦艇を失ったイギリス東洋艦隊は、セイロン（現スリランカ）島へ退避していた。
日本海軍空母機動部隊は一九四二年四月にベンガル湾へ進出し、セイロンのコロンボ基地とトリンコマリー軍港を空襲した。

第二十一回帝国議会衆議院選挙において、斉藤隆夫は但馬選挙区において、四月三十日の投票でトップ当選を果たして、国会議員に返り咲いた。

ＮＨＫの大本営発表と新聞報道の、日本軍の勝ち戦の知らせで満ちあふれていた中での反戦を訴えた斉藤隆夫の当選であった。


しかし昭和十七年快進撃が進んでいた日本軍に暗雲が立ち込めた。

六月に行われたミッドウェー海戦である。

真珠湾攻撃で取り逃がしたアメリカ太平洋艦隊の空母を誘い出し殲滅することを目的とした作戦であったが、戦術的な迷いが生じ、反対に最悪の結果となっていた。

沈没、航空母艦：赤城、加賀、蒼龍、飛龍、重巡洋艦：三隈航空機：喪失艦載機二百八十九機。

しかし、大本営発表は、空母エンタープライズ型一隻、ホーネット型一隻撃沈、米軍機十二機破壊。

日本軍損害は、空母一隻喪失、巡洋艦一隻大破、航空機三十五機喪失であった。

このミッドウェー海戦の戦果から、嘘の発表が行われるようになっていった。

また、昭和十七年四月にアメリカ軍のＢ―二十五爆撃機が、日本本土を爆撃したことが、日本人の不安を増長し、今までの戦勝の気分をがらりと変えていた。

そして、ガタルカナル島において、本格的なアメリカ軍の反攻が始まり、同年十二月には日本軍は撤退を開始した。

しかし大本営発表は、ガタルカナル島から日本軍が転進をしたと発表していた。

そして、年が変わった昭和十八年二月一日にガダルカナル島から日本軍は全面撤退した。

四月十八日には、山本五十六連合艦隊司令長官が、ブーゲンビル島上空で戦死。

五月十二日には、アッツ島において日本軍玉砕。

七月二十九日には、キスカ島から日本軍が撤退した。

九月九日には、三国同盟を結んでいたイタリアが連合国に降伏。十一月二十一日 米軍、マキン島・タラワ島上陸により日本軍玉砕】

極秘書類

そして年が変わり昭和十九年のことである。

桜井政志少尉は久しぶりに日本の地を踏んだ。米国から帰国してから桜井は大連で安江機関に配属となって諜報活動に従事していた。

ある日久々に安江に呼ばれて、極秘計画を打ち明けられた。

「桜井。貴様を見込んで話をするが、嫌だったらはっきりと断って構わん」

安江は椅子に座っていたが、桜井に言った途端に立ち上がり、大連の港が見える窓越しに窓の外を見ながら言葉を続けた。

「石原莞爾を存じているか？」

「石原閣下ですか？　いえ。お名前は存じていますが、お会いしたことはありません」

「石原とは陸軍士官学校二十一期の同期でな」

　ぽつりとつぶやくように言った。

　安江の横顔は士官学校でのなつかしさではなく、これから話すことの重圧に押しつぶされているような、苦悩の色があるように桜井からは見えた。

　――安江大佐は、どんな命令を言われるのか？　断っても良いとは。解せぬ。

　安江は振り向いて、桜井の瞳を射抜くように見た。

「先月東京の大本営に出張した折に、山形まで行って石原と会った。その時に相談された事を今から話す」

　安江はいったん大きく息を吸い込んで吐いた。

「東條英機の暗殺だ」

　核心を突いた言葉を発した。

　聞いた桜井には不思議に動揺がなかった。きわめて冷静に安江の次の言葉を聞いていた。

「で、どのようにすればよいのですか？」

　安井は桜井の答えに、驚いた顔を見せた。

「俺が何を言ったのか分かっているのか？」

「総理大臣の暗殺でしょう」

小さな瞳で安江の目を射抜くように見つめながら、平然と淡々とした口調で答えた。

するとさらに念を押したように言葉を発した。

「桜井少尉。失敗したら、いや、万が一成功しても、ばれでもしたら貴様と俺は、命はないぞ」

安井の言葉に桜井は無言で首を縦に振った。

沈黙の時が過ぎていく。

暫らくして安江の顔に笑みがこぼれた。

「では早速だが桜井少尉。大本営の参謀部の三課にいる津野田知重少佐に会いに行け。詳しくは津野田少佐と打合せをしろ」

桜井は安江に敬礼と笑みで返した。

「では早速」

桜井には分っていた。大連にいても米国との戦で日本軍の負け戦が続いていることも、中国では泥沼の戦になっていることも、東條を暗殺することで、この戦争を止めることができれば本望だと思っていた。

津野田知重少佐は、大本営参謀部三課に配属になった。

日露戦争で陸軍大将であった乃木希典の参謀を、務めた津野田是重陸軍少将の三男である。

そして父の部下であったマレーの虎と称されて米英から恐れられ、シンガポールを攻略した山下奉文将軍を慕《した》っていた男である。

いわゆる石原莞爾に代表される満洲派でもあった。

山下奉文は石原莞爾とは仲が良かったが、石原と同様に東條からは嫌われていた。

津野田知重少佐はそれまでは、参謀本部の通信課に属していたが、機密書類などを保管する三課に配属となった。

津野田が配属になった第三課には、陸軍だけではなく海軍の戦況に関する機密文書類が保管されていた。

ある日、津野田が厳重に保管してある金庫から、部隊配置図を見た時のことであった。

――何で×印が記入してあるのだろう。

津野田が見た部隊配置図には、陸軍だけでなく、海軍の艦船図にも×印が書いてあった。

太平洋の諸島のほとんどの守備隊の部隊名の下に×印が書いてあったのである。

それから、津野田は参謀第三課に保管してあった機密書類を片端から目を通した。

その作業を終えた時はほぼ一週間の日が経っていた。

一つの結論を津野田は確信した。

――大本営の発表は嘘だらけだ。それに儂の仲が良かった水上源蔵少将も、ビルマ（現ミャンマー）で自決している。

水上源蔵少将は、第三十三軍司令官本多政材中将から北ビルマの要衝ミートキーナに援軍として派遣を命じられ、イギリス軍に対峙していた要地である同地に着任していた。

北ビルマのミートキーナは、蔣介石ルートつまりインドからビルマを通って、中国への英米の補給ルートの遮断を、目的に侵攻した日本軍の最前線であったが、イギリス軍の反撃は熾烈極まる激しさであった。

その後、第三十三軍作戦参謀辻政信大佐から水上源蔵個人に対して、死守を命じられて二ヶ月以上に及ぶイギリス軍との激戦を繰り広げたが、支えきれず陥落した。

水上源蔵少将は死守命令を伏せたまま部下に脱出を命じ、部下の日本軍の後方にもある川の渡河を見届けた後、一人で軍令に背いた責任を取って自決したのである。

日本軍からの補給はかなわず、兵士の中には餓死者が多く出ていて、戦力には限界があった。

ミートキーナの戦場にたった一人残って、撤退する部下の渡河を見送っていた水上源蔵少将に対して、多くの部下は敬礼を行い、目には涙を浮かべていたのであった。

津野田は、水上の最後を生き残った将校から聞いて、

――辻の野郎。水上少将を殺させておいて、自分だけ助かるとは何事だ。ゆるさん。

しかし津野田は、冷静に情勢を判断していた。

――ビルマだけでなくシンガポールを含め蘭印、南部仏印等は孤立する、いやもう孤立し

ている。

またラバウルもそうだ。輸送網がアメリカの潜水艦によって分断されている。

それと海軍の輸送船の撃沈された数は半端ではない。

マーシャル諸島、グアム、サイパン、を攻略されたら、日本本土はアメリカ軍の爆撃範囲となる。

このままだと日本は大変なことになる。

津野田は顔が蒼白になっていた。

――よし、石原中将に相談しよう。山下閣下は東條に睨まれて満洲に飛ばされている。

その時だった、津野田が自分の机に向かって思案している時、津野田の机の電話が鳴った。

婦人交換手が来客を告げた。

津野田が歩いて、大本営のある建物から出て、門の出入り口にある警備詰所に行くと、厳つい大男が立っていた。

柔道家の友人である牛島辰熊である。

「どうした。津野田。浮かぬ顔をしているな。大本営の仕事が面白くないか」

と笑いながら津野田に言った。

「ばかもん。ここではなんだが、今夜時間はあるか?」

二人は、今夜銀座で落ち合う事にした。

津野田が銀座まで行くと、戦時中にも関わらず賑やかな町並であった。

津野田は、行きつけの更科の蕎麦屋に入った。

先に、牛島が来ていた。

牛島は津野田が真剣な顔をして、

「話がある」

と大本営の警備詰所で言ったのを思い出し、気が気でなく更科の一番奥のテーブルに座っていた。

「もう来ていたか」

津野田は、蕎麦屋の更科に入って、牛島を見つけると声を掛けた。

更科には客が多くいたが、大柄の厳つい顔をした牛島の姿を見て、誰も近くの席に座る者はいなかった。

「牛島。今から俺が話すことは重要なことだ。誰にも言うな」

牛島は、最初は興味半分の顔をして聞いていた。

しかし、津野田の話が進むにつれて、牛島の顔は顔色がなくなっていた。

津野田の話が終わった頃には、牛島は何も言わずにただ黙っていたのである。

そして、最後に、

「津野田、先ほどの話は本当か?」

津野田は、牛島の問いに黙って頷いた。

「津野田、それでどうする？」

しばらく黙っていたが、津野田が、

「石原閣下に相談する」

津野田の言葉を聞いて、牛島が、

「東條だな。諸悪の根源は。あ奴最近はごみを漁っているらしい。東條の馬鹿が。まるで昔の殿様の様なふるまいだ。民の家庭で何を食べているか知りたいと言ってゴミ箱を漁っているという事だ。一国の総理なら本当にすることがあるだろう。そこまで戦争に負けているのなら早く停戦を行うべきだ」

しばらくして蕎麦を食べ終わった津野田が、

「ともかく。石原閣下に知らせなくては」

二人は、急遽、石原莞爾のいる山形の鶴岡に向かった。

石原は西山家が所有している農場にいた。

石原の主義に賛同する若い者たちと共に、鶴岡の名主であった西山家の所有する荒れ地を開墾して暮らしていた。

津野田は、石原と会って日米戦争の実態を話した。

石原は、津野田の話に腕組みをして目を閉じて黙って聞いていたが、

「それで津野田どうする？」

津野田は即座にきっぱりと、

「東條を斬ります」

あまりにも津野田が躊躇《ちゅうちょ》なく、ごく自然に顔色も変えず言ったには、少しばかり驚いたが、

「しかし東條一人を斬っても」

石原は首を縦には振らなかった。

更に石原の顔色を見ながら、畳み掛けるように、

「東條に与している茶坊主どもも一緒に斬る。四方諒二、田中隆吉です」

石原は、

「もう手遅れだ。しかし東條や統制派の連中や東條の茶坊主を斬ることは賛成だ。米国から見ると日米開戦は東條が主導したと見ているはずだ。その東條を斬ったとなると米国も日本が、本気で停戦を考えていると見るだろう。後は賭けるしかないが」

石原が初めて笑みを浮かべた。

「しかし誰が実行する。方法は？」

津野田が、答えに窮していると、牛島が、

「弟子の木村政彦を使うつもりです」

腕を組んだままの牛島の答えを聞いていたが、

「東條を殺すとなると、手なれた者が良いぞ」

石原が、諭すように二人に言った。

「俺が手配する。陸軍中野学校出の者が良い。心当たりの者がいる。二人は東京に戻って待機しておいてくれ。手配できたら連絡する」


ほぼ一ヶ月たった日のことである。

津野田を訪ねて一人の男が大本営に現れた。

背広姿で津野田少佐のいる第三課の扉を開いて、大声で叫ぶように口を開いた。

「津野田少佐はどこにおられますか？」

大声だったので、第三課の全員に聞こえたようである。一斉に全員の視線が刺すように感じた。

すると机の並ぶ端から一人の男が立ち上がり、背広の男に向かって歩いてきた。

背広の男は笑みを浮かべて、近づいてきた丸坊主の男に向かって小声で言った。

「桜井と申します。石原閣下の命により参上しました」

桜井は津野田に挨拶をした。

丸坊主の男は驚いたような顔をしたが、すぐさま冷静さを取り戻した声で、口を開いた。

「おおー待っていた」

津野田は急いで桜井を別室に誘い入れた。

別室に入ると同時ぐらいに津野田が桜井に口を開いた。

「しかしよくこの大本営に入れたな。貴様の服装は背広ではないか。怪しまれなかったか」

桜井は津野田の疑問に笑みで答えた
「まともに正門から入ればそうですが、裏門の職員専用通用門から入りました。裏門にも歩哨兵がいましたが、丁度職員に交じって簡単に入りましたが、ちらりと職員手帳見たいな物を見せましたが」

「職員手帳見たいな物？」

と津野田が疑問の顔をして言うと、

「ははは－、偽造した職員手帳です。昨日の内に中野学校に寄りまして、急遽《きゅうきょ》作った物であります」

津野田は、桜井の笑顔に、

――さすが中野学校出だ。それに実践経験も豊富そうだ。その上、面構えが良い。津野田は感心と安心が入り混じった顔をした。

「それで、話の中身は聞いておるか？」

桜井は津野田の顔を直視しながら頷いた。

「暗殺のことは聞いていますが、津野田少佐の力になるように」

津野田は、

――この男なら大丈夫だな。それにもう騎虎《きこ》の勢いだ。

騎虎の勢いとは、駆け抜けることを止めると虎に跨《また》がっているようなもので、落ちると虎に食われるので勢いは止まらぬとの意味である。

「それでは、手筈は今夜、俺の家で行う」

津野田は、桜井に家の住所を書いた紙を渡した。

三人は津野田の家で話し合いがもたれた。

津野田、牛島、桜井である。

「東條は、めったに首相官邸から最近は出ないという話を聞いた。たぶん軍部の中で陸軍、海軍とも暗殺計画があることを気にして警戒しているようだ」

津野田が二人に言った。

津野田の家は、東京市の世田谷にあった。

家は津野田の父親が立てた家で、質素な造りであるが割りと土地は広かった。

二階建ての家である。

津野田の書斎は、二階に有った。

「では官邸で殺すか」

桜井がいとも簡単に普通の顔をして言った。

津野田と牛島は、顔を見合わせ、

「でも官邸は、憲兵が厳重に守っているぞ」

津野田が言った。

「青酸ガスがいいな。殺すには」

またもや、桜井が独り言のように普通に言った。

「その前に、東條の日程が知りたいのですが？」

桜井が、少し考えながら津野田に言った。

「では、一番よく知る立場の者は新聞記者だ。俺が懇意にしている新聞記者がいる。飯でも食いながら聞き出すようにする」

「そうしていただけますか。それからもう一度検討しましょう。暗殺は最低三の方法を考えておく必要があります。一で失敗したら二の方法、二で失敗したら三の方法、それも失敗したら電撃的に連続して行わなければ意味を成さない。時間を相手に与えると防禦ができて第二、第三の計画が難しくなります」

津野田は、改めて桜井の事を、

——さすがだ。

「津野田少佐、明日は昔の戦友に会うつもりですので、改めて明後日に」

桜井はその事を言って津野田の家を出た。

牛島と津野田は、

「では津野田少佐。俺は二の方法を考える」

と牛島は津野田に言った。

桜井が、翌朝向かったのは海軍省であった。

海軍省では、訪問者の氏名を受付で書くようになっていたため桜井政志と、本名を書き、警備の陸戦隊の者に案内されて面談室に向かった。

面談室からの廊下には、部外者立ち入り禁止の看板が立ってあり、陸戦隊の隊員が歩哨をしていた。

「桜井少尉」

先に佐藤中尉が桜井を見つけて、大声で声をかけて面談室に入って来た。

「佐藤中尉。久しぶり。日向丸の一件以来ですね」

佐藤の姿を見て言った。

面談室には、その他の者たちもいたが、佐藤が大声で言ったのを聞いて一斉に見た。

「佐藤中尉。久しぶりに内地の地を踏んだ。どうだ、今夜一杯」

「良いね。俺が奢ろう。良い店がある」

桜井と佐藤は、海軍の軍人がよく利用する料亭に入った。

料亭の名は、雅といって新興ではあるが安くて料理がうまいと評判の店であった。

「桜井、休暇か」

「いや」

佐藤が酒を注ぎながら言うと、桜井は一言だけ言った。

「そうか貴様は特務機関の者だからな。あまり詳しくは聞けぬ。だけどまだ無事で良かった。戦果は著しく悪い。いつまで日本が持つか」

佐藤の言っていることは、半ばあきらめにも似た言葉であったが、佐藤が言えばなぜか桜井には明るく聞こえていた。

「桜井、実は貴様が良い所に尋ねてくれたので、頼みたいことがある」

「何だ」

桜井は、少し遠慮気味に佐藤が言ったことが気になっていた。

「実は、いや何でもない」

「何だ。水臭い奴だな。言ってみろ。何でもするぞ。貴様のためなら」

桜井は、催促するような口振りで言った。

「戦況の事は分かっているな。このまま行くと日本人は皆死ぬことになる。しかし陸軍の考えが分からぬ。貴様だから言うが、海軍はほとんどの者が終戦を望んでいると言っても過言ではない。できたら海軍と同じ考えをしている陸軍の者を紹介してくれないか。陸軍は声を出せば本土決戦とか、一億総玉砕とか、精神力で勝てだ、まるで話にならぬ」

桜井は、佐藤が言ったことを、耳を澄ませて聞いていたが、

「どうしてだ。何か計画があるのか」

今度は、身を乗り出して佐藤に聞いた。

「ああー、ある計画を俺が推進する事になった。しかし桜井だけにしてくれ。今から話す事は。言うな。他言無用だ」

桜井は、

「詳しく聞かせてくれ」

佐藤は、桜井の耳打ちで、ある計画を話した。

次の日の夜、桜井と津野田と牛島が津野田の家の書斎に集まった。

「津野田少佐。なんと海軍も東條暗殺を計画しておりましたので、一緒にすることにしました。良いですか。また計画は文章にせずに口頭で言いますが、第一の暗殺は、この桜井が実行します。第一の暗殺が失敗しましたら、続けて第二の実行は牛島さんにお願いしたい。

第二の暗殺が失敗しましたら、第三の実行は海軍が行います。

そのためにも第一、第二，第三いずれの暗殺計画は時間差で行いますので、準備はそれぞれ行っていてください」

するとと牛島と津野田からおーおーと言うどよめきの声が漏れた。

「して方法と日時は？」

津野田が、桜井に問うた。

「日時は、ほぼ一ヶ月先、方法は準備ができ次第連絡します。牛島さんの準備も、用意します。津野田さんは暗殺後の段取りをお願いします。仮にも大日本帝国の首相を暗殺するのですから、その後の米国との終戦工作をお願いします。この終戦工作がうまくいかないと、ただの人殺しになりますから」

牛島と津野田は、桜井の顔を見ながら、頷いた。

それから桜井は、新兵器の開発と称して、他の中野学校の者には伏せての作業は、ほぼ半月、中野学校に入り浸りであった。

そしていよいよ決行という日に桜井は、手には、ストロボ付きのカメラを持って背広を着て、背広の上から腕には報道員と書かれた腕章をして、首相官邸に向かった。

同行者はおらず、単独での首相官邸を目指していた。

牛島は、トラックを用意して、首相官邸から少し離れた道路わきに待機していた。

桜井が失敗したら、トラックごと首相官邸に突っ込む計画であったと同時に、桜井が暗殺に成功した場合の逃亡を助けるための待機であった。

また牛島の手には、手榴弾を三個用意してあった。

そして、牛島の隣には、弟子の木村政彦が緊張した顔で手には、南部式の自動拳銃を握って座っていた。

牛島が待機していた車を見える位置で、佐藤中尉は、佐藤中尉を慕う陸戦隊の者たち三名も同乗して、イギリス軍から捕獲した短機関銃をもって、海軍の軍用車両にいた。

佐藤は偽装工作をしない海軍の軍用車両で臨んだ。

佐藤はあえてそうしていた。

――海軍も東條の暗殺に一役買っているぞとの意思を表してやる。たとえ犯人が俺と分かっても俺を逮捕はできぬ。

含みを持って腹を括った。

暗殺

その日、東條英機は午前中に宮中に出向き、午後から新聞記者を集めて、記者会見を行う予定であった。

桜井が他の新聞記者と一緒に、首相官邸の記者会見の部屋で待機していると、東條英機が宮中から帰ってきたのであろう、官邸の表が騒がしくなった。

――よし東條英機が帰って来たな。

桜井は、ストロボ付きのカメラをもって、記者会見の間に続いてある控室にそっと入った。

東條英機が記者会見を行う時に、控室で会見の中身を準備する部屋であった。

その部屋には、部屋のど真ん中に大きなテーブルがドンと置かれ、椅子は一つしかなかった。

控室に入った桜井が、部屋を見渡すと、一つの椅子が見えた。

——あの椅子の近くにこのカメラを置けば、確実に東條は倒せる。記者会見は、午後一時からだ。そして時限装置を〇・五八分にセットすれば間違いなくガスが噴出する。

桜井のカメラは、中野学校で密かに作っていた青酸ガスの入った爆弾であった。

桜井？　椅子の傍のテーブルの下にカメラを置いて記者会見場に戻ったが、決行する前に一度、報道員の腕章を着けて下見を行っていた。

その時、ドカドカと控室に入る靴音が聞こえた。

桜井が、腕時計を見ると、〇・五七分を時計の針が指していた。

——いよいよだな。

腕時計の針が〇・五八分を指した時「ガスだ」と大声で怒鳴る声が聞こえてきた。

その怒声に記者会見場は、騒然となった。

東條の前を警護しながら歩いていた憲兵の一人が控室でいきなり喉を手で押さえながら倒れたため、すぐ後から控室に入ろうとしていた東條が、憲兵が倒れたのを見て慌てて立ちどまっていたが、他の憲兵が異変に気づいて東條を抱くようにして引き返した。

会見場にいた者たちは、皆急いで官邸の表玄関に殺到して行った。

桜井も、皆に交じって玄関にいたが、反対に東條を警備していた憲兵達が一斉に飛び込んで来た。

「防毒マスクを皆に配れ」

官邸には、防毒マスクが配備されていたのである。

そして官邸前の広場に新聞記者は、屯していた。

桜井も記者に交じっていたが、一人ゆっくりとした足取りで屯っていた場所を離れるため歩きだした時、

「おい、貴様」

桜井を呼ぶ声が聞こえた。

桜井が振り向くと、憲兵の腕章を着けた男が立っていた。

「貴様どこに行く。ここを離れることは許さん」

憲兵の声を無視して桜井は、いきなり走った。

そして、牛島たちが待機している道路の脇に通じる、裏門に向かって走った。

誰何《すいか》した憲兵が、拳銃を走って逃げている桜井めがけて発射したが、そしてその銃声を聞いた裏門を警備していた憲兵も向かってくる桜井に対して発砲した。

――このままではやばい。

と思った瞬間、裏門の鉄門を勢いよく破り、トラックが官邸の敷地に入って来た。

そして、トラックから拳銃が発射されて、裏門にいた憲兵が二人倒れた。

「桜井少尉、早く乗って下さい」

桜井を大声で呼ぶ声が聞こえた。

鉄兜を被った牛島と木村である。

牛島は、官邸の敷地に乗り込んで、桜井を乗せた途端にそのまま車をバックさせ、

「置き土産だ」と大声で叫んで、手榴弾の撃鉄を続けざまに鉄兜で叩いて、官邸の敷地に投げ入れた。

すると大きな爆発音をともなって手榴弾が爆発した。

「よし」

桜井が、牛島と木村に言った時、憲兵を乗せたトラックが牛島たちのトラックの前方を塞いだ。

「くそ。捕まってなるものか」

と牛島が叫んだが、前方には十名ほどの憲兵がトラックから降りて散開して小銃を牛島の運転するトラックに向けていた。

「よし。このまま突っ込むぞ」

牛島が車のアクセルを力いっぱい踏みこんだ。

その時だった佐藤中尉達が、軍用車両を憲兵のいる場所に向かって、急停車させて、短機関銃を憲兵たちに撃ち込んだ。

牛島が運転するトラックに桜井が乗ってすぐに口を開いた。走ったせいか声が掠れている。

「牛島さん。このトラックは？」

桜井がトラックを調達した牛島に問うた。

「ダチ公が運送屋をしています。そこで借りましたが、もしものことがあってはいけませんので、看板は消しています」

「そうですか？」

桜井は少し心配していた。トラックから捜査が入るかもしれないと思った。

桜井を汽車に乗せて横浜まで行き、船で上海に逃すため東京駅に向かった。

丸の内側の東京駅にいまにも突っ込むように停車した。

「桜井少尉、元気で」

牛島が下車した桜井の背中越しに声をかけた。

「牛島さんもトラックを早く処分しなくては、トラックから足がつく恐れがあります。それに憲兵隊の検問がすぐに敷かれます」

振り向いた桜井が心配げに口を開いた。

牛島は大きく頷いて、トラックのアクセルに力を入れた。

――このまま横浜から上海行の船に乗れば跡形も残らない。

桜井は腹に力を入れてプラットホームに急いで向かった。

佐藤中尉は、部下三名と共に軍用車両で横須賀に向かった。


関東憲兵隊から急遽、三浦少佐が首相官邸に来て、

「襲撃のあった痕跡を消せ。幸い東條首相は無事だ」

桜井の仕掛けた青酸ガスは確かに爆発したのであったが、東條が控室に入る前に爆発を興し、先に控室に入った秘書官一人が倒れたのを見て、東條は引き返して、難を逃れていた。

「総理大臣が襲撃されたことが世間に知れたら大変なことになる。今は戦争中だ。新聞記者には箝口令《かんこうれい》を敷く。もし万が一喋る者がいたら即、治安維持法で逮捕監禁せよ」

憲兵隊の三浦少佐が、部下に指示した。

——しかし大胆な奴だ。襲撃犯は。

「何者か。徹底的に調査しろ。特高にも協力させせろ」

この東條英機首相暗殺は、未遂に終わった。


桜井は、横浜から輸送船で上海に無事に着いた。

佐藤中尉は、部下三名と共に、襲撃前に襲撃後の逃亡計画に沿って、高木大佐からの手順で、横須賀から出港したサイパン島守備隊の陸戦隊要員として、輸送船に乗り込んでいた。

そして、サイパン島に無事到着したのであったが、アメリカ軍がサイパン島に上陸を敢行する一週間前の事であった。

アメリカ軍の上陸から、ものの一ヶ月も経たないでサイパン島は、アメリカ軍によって制圧された。

戦前からサイパン島に居た島民は、一万人もの犠牲者を出したが、佐藤中尉率いる海軍陸戦隊は、陸軍の大場栄大尉率いる部隊と行動を共にして、生き残った島民と一緒にサイパン島にあるタッポーチョ山に隠れ、ゲリラ戦で闘っていた。

サイパン島に続き、テニアン島、グアム島もアメリカ軍の手に落ちた。

アメリカ軍は、これでB―二十九による日本本土への空爆が可能となった。

そのため、日本の絶対防衛圏が敗れた事で東條英機は、窮地に陥ったため、内閣改造で延命を図るつもりでいた。

しかし、内閣改造に関しては、内閣の一員である大臣の辞任が、大日本帝国憲法では絶対条件となっており、総理大臣は勝手に大臣を罷免できないことになっていた。

岸信介が内閣改造に反対して、内閣総辞職を求めていた。

そのことを聞き及んだ東條は、憲兵隊を呼んで強引に岸の辞任を迫るつもりでいた。

「なんですと。岸が辞任を拒否して内閣総辞職を求めている…」

東條英機に呼ばれた四方諒二《しかたりょうじ》東京憲兵隊長に対してことの詳細を言った。

「そうだ。あ奴は儂に盾ついている」

まるで自分が立っている床に唾を吐くように、吐き捨てるように言った。

「東條閣下。私が岸を説得に行きます」

四方は、岸の家に向かった。

「ごめん。岸殿はご在宅か」

四方は、憲兵と書かれた旗を車の前部に翻している車に乗って、岸の家に横付けした。

そして、軍刀に手を掛けて玄関で怒鳴ったのであった。

しばらくして、玄関に岸信介が現れた。

「何用だ。貴様」

岸は四方に、静かに問うた。

すると四方は、軍刀を抜き、岸の首筋に当てた。

「東條内閣の一員である貴様が、辞任に反対するとは、また内閣総辞職を求めるとは何ごとだ。東條閣下が、右向けと言ったら右を向き、左と言ったら左を向くのが内閣の一員としては当然だろう。東條閣下に無礼であろう」

岸は、四方の脅しに静かに答えた。

「大日本帝国で右向け右、左向け左と言えるのは天皇陛下だけだ。まして東條が言うのであれば少しは分かるが。お主の様な者が言う事は、まるで虎の威を借りた子猫の言う事だ。帰れ。兵隊」

岸は、最後の「帰れ。兵隊」だけは、四方の目を凝視して大声で叫んだ。

東條英機内閣の息の根を止めたのは、岸信介であった。

東條内閣が総辞職してから、東條暗殺を企てたことで、津野田少佐と牛島が逮捕された。東京憲兵隊の執拗な調査によっての事であった。

桜井と佐藤も指名手配されたが、二人とも日本本土にいなかった関係から、逮捕は免れていた。

東條英機内閣の後には小磯國昭内閣、鈴木貫太郎内閣と続いた。

しかし、いくら内閣総理大臣が変わっても、日本軍の戦局は最悪の道を突き進んで行った。

昭和十九年十月には、フィリピンのレイテ島にアメリカ軍が上陸し、フィリピンの首都であるマニラも落ちた。

翌年には、硫黄島の守備隊が玉砕し、沖縄にもアメリカ軍が上陸し、沖縄の守備隊と島民が玉砕した。

そして、五月にはナチスドイツが降伏し、日独伊の枢軸陣営では、日本だけが戦争状態であった。

八月には、広島と長崎に原爆が落とされ、遂に日本はポツダム宣言を受け入れ、連合国からの無条件降伏を受け入れたのであった。

日本人の戦歿者三百十五万人、中国人百万人、東南アジアを含めると六百万人の犠牲者を出した大東亜戦争が終わった。

アメリカ軍人の戦死者は四十五万人となっていた。

終戦時の残影

影佐は東條英機から、中国の国民政府と和平交渉を独断で行ったとして、満洲北部の砲兵隊に飛ばされていたが、その後中将として、ラバウルの師団長として終戦を迎えた。

岩畔豪雄は、平本少尉と共にビルマにいたが、特務機関員として園尾勇二、多賀眞次の二人をインドシナに連合軍が反攻した時の防衛軍として、ビルマから転進していた第五十五師団にいた同郷の石井卓雄陸軍少佐に託して、終戦の少し前に陸軍省に転属になって、日本に帰っていた。

二人の特務機関の者たちは、石井少佐と行動を共にすることになる。

岩畔はそして陸軍省内部の者たちに対して、終戦工作を行っていた。

岩畔から至急に会いたいとの伝令で、平本はビルマ西部のインド国民軍の本部が置いてあったイラワジからラングーン（現ヤンゴン）の岩畔のいたビルマ方面軍司令部を訪ねた。司令部が置いてある寺院の入り口は、土嚢《どのう》が積まれて機関銃が構えられている。

平本は物々しさが漂う入り口の歩哨に岩畔を訪ねた旨を伝えると、司令部のある仏教寺院ではなく、隣の建物を指さして、岩畔大佐はそこにいると答えた。

建物といっても竹で骨組みが作られた屋根は、竹の葉で覆っている、また壁はなく板場が腰の高さまで囲われている簡単な造りの建物である。

平本が建物に近づくと、十坪ほどの広さの真ん中に一つだけテーブルがあった。平本は背中を見せている岩畔を見つけた。何事か考え事をしているようにテーブルの先を見ながら立っていた。岩畔が見つめているテーブルの先は密林に覆われている。

「岩畔大佐」

入り口で声をかけた。

岩畔が声に反応して振り返った。

しばらく見つめられて、おおーと声をかけられた。

「平本少尉か？」

平本は笑みを浮かべて頷いた。

岩畔が最初は分からなかったのも無理はない。当分の間二人は会っていない。

平本はインド国民軍と共にインパールを目指して日本軍と一緒に向かったが、英国軍の攻撃と、物資不足のためイラワジ川まで敗退して、川を挟んで英軍と対峙していた。

岩畔はビルマのラングーンでアウンサン率いるビルマ国民軍の指導を主な役目としていたため、同じビルマにいながら会うことはなかった。

平本はロンジーといわれる腰巻を穿いて、半袖から見えている腕、顔は褐色を超えて黒くなっていた。足は草履を履いている。

「平本はまるでビルマ人になっているな」

岩畔は元気な姿を現した平本を頭のてっぺんから足まで見ながら言った。

「岩畔大佐。お元気でなりよりです」

「平本。儂に転属命令が出た。儂は日本に帰って、一日も早くこの戦争を止める。それにもう少ししたら、全軍このビルマから撤退になる」

思わぬ答えに平本は心がざわついた。

「アウンサンが裏切った。この司令部の物々しさはそのためだ。いつ攻めてくるか時間の問題だ」

「ではイラワジ川で英軍と対峙しているインド国民軍と日本軍は挟み撃ちに？」

「そのためにインド国民軍と我が日本軍は、タイまで撤退する」

平本は岩畔からの言葉に唖然となった。

「平本、インド国民軍の士気はどうか？」

「彼らの士気は高いです。インドに帰って英軍を追い出すと、負け戦が続いても負けてはいません」

岩畔は平本の話に安堵した顔を見せた。

しばらく二人の間には静かな時が流れていた。

「アウンサンのビルマ国民軍は、日本軍が育てたといっても良いだろうが、儂はビルマの独立を願っている。そのために負け戦の日本軍に従えばビルマ国民軍も負けることになり、独立が危なくなる。彼らの気持ちもわかるが、大日本帝国軍人としては許せん」

岩畔は半ばあきらめた口調で言った。

「しかし、インド国民軍は違います。あきらめていません。どうなってもインドに帰って独立を成し遂げると言っています」

平本は腕組みをして密林の先を見つめている岩畔に言った。

岩畔は頷いた。

「もうすぐビルマ方面軍総司令官の名で、転進命令が出る。平本、ただちにイラワジに帰って撤退する用意をせよ」

今度は平本が頷いた。

平本は岩畔と別れてイラワジに向かった。

別れ際に岩畔が言った言葉を噛みしめていた。

——どんなことがあっても生きて日本に帰れ。日本が負けて捨て石になっても、アジアが独立すれば、日本がルーズベルトの罠に本当の意味で勝ったことになる。

佐藤中尉は、サイパン島で大場栄大尉と共に、ゲリラ戦で戦っていた。

大場隊と共に佐藤中尉が、アメリカ軍に降伏したのは、終戦から半年が過ぎた昭和二十年の十二月一日であった。

佐藤中尉を東條への暗殺決行から逃がした高木は、海軍少将として終戦工作に従事した。特に陸軍の主戦派の将校の説得を行い、終戦への道を示した。

終戦時には、鈴木貫太郎内閣の内閣官房副長官として、アメリカ側との降伏交渉の実務を取り仕切っていた。

横浜正金銀行に勤め、斉藤隆夫の選挙の応援後、二等兵として召集された黒木は、歩兵二等兵として中国の華南にいた。

東條暗殺を計画したとして、憲兵隊に逮捕されていた津野田少佐と牛島は、終戦時獄中にいた。

望月は上海に終戦までいた。

ユダヤ人の代表が興亜院に、大平を訪ねて来た。

興亜院ではユダヤ人に朝鮮銀行の圓を供給していたが、戦争真っただ中の昭和十八年に、中央儲備銀行を上海に作っていた。

正式には、汪兆銘の中華民国の通貨圓であった。

その中央儲備銀行と横浜正金銀行の間に、預け合いによる圓の発行である。

しかし、日本軍によって物資の調達による儲備圓《ちょびえん》の発行が急激に増えていた。

昭和十九年の末には、儲備圓の価値がどんどん下がり、酷い時には一日の内、朝昼晩で三倍にもなっていた。翌日はさらに前日の晩の金額が、昼には倍に夜になるとさらに倍となっていく。何日も続くとどうしょうもない金額となっていた。

ハイパーインフレの世界であった。

そのために、ユダヤ人だけでなく上海市民たちの中でも食糧を買えない者が出始め、一部には餓死者が出る始末であった。

「望月少尉ちょっと部屋に入ってくれ」

望月が、机に向かって仕事をしていると、課長の大平が望月を呼んだ。

部屋に入ると、五人のユダヤ人の長がソファーに座って、望月に笑顔で挨拶をした。

望月には、彼らの目的は分かっていた。

「望月少尉。何か良い方法はないか。彼らの中でも物資が買えないと嘆いている。病人も少し多くなっているようだ」

「そうですね。この上海の町全体が儲備圓では計算ができないぐらいのインフレですから」

望月には、彼らの危機を解決する手段は、一つしかないと思っていた。

「課長。一つだけあります。しかしこの方法をすると儲備圓を否定する事になりますが」

「何だ。言ってみろ」

大平が望月の顔を見ながら身を乗り出した。

「香港に有る元の紙幣を上海に持ってきて使うのです。日本の戦局が悪くなっていった時から、反対に元の価値が上がっています。今の上海では、元の信用の方が強力ですから。広東省では、元を軍部が使って物資を集めています。しかし民間でしかも上海で使うとなると」

「そうか。しかしそれしかないか。もし軍部に見つかったら逮捕されるぞ。まして興亜院が使ったと知ったら。それに今度は軍部自ら儲備圓を刷ると騒いでいるが」

「どうしょうもない連中ですから。儲備圓を刷れば刷るほどインフレになり、自分の首を絞めることが分からん連中です。広東に駐留している陸軍は、儲備圓では物資の買い付けができなくなっていますから、元を刷って調達を行っているのです」

「よし。望月少尉。蔣介石の元の紙幣を香港から調達しよう」

大平が望月の背中を押した。

「分かりました。では海軍に頼んで船を調達します。私がこの上海まで運びます」

望月は、ユダヤ人の代表の中にラケル婆さんがいるのを見つけて、片目を瞑った。

ラケル婆さんが、望月のウインクに微笑んで答えていた。


しかし、遂に日本が降伏した。

上海の町には、日本が降伏したことは、日本人町だけでなく街全体に広がって行った。

望月が、大平と終戦の日に街に出て見ると、中国人が爆竹を焚いて喜んでいた。

しかし治安維持において、日本軍がそのまま待機していたので、それ以上の混乱は上海の町では起きていなかった。

「課長。これからどうしますか」

望月が、心配した顔をして大平に言った。

大平は、無表情で望月に答えた。

彼は、あまり喜怒哀楽《きどあいらく》を表情に出さない事が多かった。

「望月。これから満洲も含めて中国全土に展開している陸軍だけでも百万人、在留邦人を含めると二百五十万人の人々を日本の本土に帰すことが重要になる。満洲にはソビエト軍が大挙して侵入している。その後を八路軍が蹂躙している。いずれ、八路軍は、この上海まで攻めてくるぞ。望月の役目は、無事日本人を日本本土に連れ帰る役目が待っている事と思う。それに園の処理も必要となって行く。天文学的な圓の発行金額だからな」

そして大平は、興亜院にあるすべての書類の焼却を部下に命じた。

しばらくして、興亜院の中庭から、書類を焼く煙がもうもうと上がっていた。

終戦時の日本の、日中戦争から八年間の間、圓での発行による軍事費は八百億円となっていた。

第四話

千島列島の占守島に取り残されている民間人を救出せよ

陸軍中野学校卒　宮本判司陸軍少尉

占守島《しゅむしゅとう》

千島列島は北千島列島と日本固有の領土である南千島列島に分かれている。

南千島列島とは、国後《くなしり》、択捉島《えとろふ》を差し、歯舞《はぼまい》、色丹《しこたん》諸島が北海道近くに点在する。

北千島列島のカムチャッカ半島にいちばん近い島が占守島であり、カムチャッカ半島の南端にあるソビエト軍のペトロパヴロフスク海軍基地からは、十数キロしか離れていない。

十数キロしか離れていないということは、砲弾が楽に到着できる距離でもあった。

夏場には日魯《にちろ》漁業の魚の缶詰加工場があり、若い年ごろの女子工員たち数百名が働いていた。

占守島は、ただ一つの山である四嶺山《しれいざん》が島のほぼ中心に位置し、後は穏やかな丘陵地が島全体に広がり、カムチャッカ半島を見渡せる竹田浜の浜辺があるだけの島であったが、夏場は、摂氏十五度前後で冬季はマイナス十五度にもなり、年中濃霧が発生している島であった。

特に夏場は全島が一面に濃霧に覆われる環境であった。

そして占守島の隣の島は幌筵《ほろむしろ》島があり、二つの島の間が幌筵海峡と言われていた最重要海峡である。

長い千島列島の島々の間のどの海峡よりもこの海峡は、水深が深くオホーツク海と北太平洋を結ぶのにはトン数の多い船でも楽々と通過することができていた。

占守島守備隊の主な役目は、海峡の通行確保が最重要戦略であった。

満洲から転進してきた戦車十一連隊と第九十一師団が守備をしていた。

千島列島を含めた本土防衛のためである。

しかしあくまでアメリカとの戦闘を意識した守備としていて、ソビエト軍との戦闘は予想すらしていなかった。

日本がポツダム宣言を受け入れた日、つまり八月十五日から三日後の八月十八日午前二時にソビエト軍が占守島を攻撃して上陸をしてきたとの報告が、札幌にある第五方面軍の樋口季一郎司令官のもとに至急電としてなされた。

八月十四日、カムチャッカ半島ロパトカ岬のソ連軍砲台の百三十ミリ砲四門が、占守島のカムチャッカ半島側の竹田浜付近の砂浜に砲撃を開始した。

十七日午前五時ごろに、ソ連軍上陸船団はペトロパヴロフスク海軍基地から出航し、途中からは無線封止して進んでいた。

同日午前六時半頃には、ソビエト海軍機三機が占守島の偵察と爆撃を行った。

さらに、同日の日中にもソビエト軍機が、占守島の日本軍の陣地に対して、連続爆撃を行った。

そのため、占守島の日本軍守備隊は、陸軍一式戦闘機ハヤブサを発進させて監視体制を強化したところ、カムチャッカ半島を多くの舟艇が進んでいるのを発見した。

そこで竹田浜には独立歩兵第二百八十二大隊の一個中隊と砲十二門を配置して守備を万全にした。

八月十八日午前二時半の夜半、ソ連軍の海軍歩兵大隊が占守島竹田浜に上陸した。

竹田浜を防衛する独立歩兵第二百八十二大隊は直ちにこれを攻撃し、ソ連軍も艦砲射撃を行ったほか、ロパトカ岬からの支援砲撃を開始した。

しかし上陸開始後三十分ほどで海岸に上陸し、日本軍の沿岸陣地を無視して島の奥深く前進してきた。

三時三十分頃、ソ連軍上陸部隊の主力第一師団が上陸を開始した。

日本軍は激しい砲撃を加えて上陸用舟艇十三隻撃沈破を報じ、日本軍は航空隊も出撃させたが、対空砲火で艦攻一機を失った。

七時ごろにソビエト軍の上陸は完了したが、上陸したソ連軍部隊は、日本軍の激しい抵抗を受けながら、午前四時ごろには四嶺山に接近した。

樋口は満洲の新京で組織していた特務機関の通称樋口機関から北海道及び南樺太、千島列島の守備を受け持つ第五方面軍の司令官に就任していた。

「樋口閣下、ただいま第九十一師団から至急電が入りました」

樋口の元に方面軍所属の通信兵が駈け込んで来た。

通信兵が読む電文をただ黙って聞いていた樋口が重い口を開いた時には、周りには方面軍の参謀たちが樋口の周りに集まっていたが一様に樋口の発する言葉を待っていた。

「皆、聞いたと思うがソビエト軍がわが本土に攻めてきた。儂は先ほど日本が降伏したので停戦命令を発したばかりであるが、自衛のため反撃命令を出すつもりだ。占守島はさいわいにも本土防衛のため、要塞化を進めていたことが幸いとなった」

樋口は、直ちに占守島と海峡を挟んだ幌筵島に、本部を置いてある九十一師団の堤師団長に、

「終戦になっているが、自衛のため断固反撃せよ。日本軍が降伏した時を狙って来た盗人のソビエト軍を海に蹴散らせ」

と指令を出して、満洲からの部下で特務機関員であった宮本少尉を呼んだ。

宮本は米国までの金塊輸送から帰国して、樋口機関に属していたが、樋口が第五方面軍司令官に就任した時から樋口と行動を共にしていた。

「宮本少尉。聞いておると思うがソビエト軍が占守島に上陸してきた。占守島には民間の日魯漁業会社の缶詰加工場がある。夏場だけ稼働している工場だ。そこには女子工員が五百名ほど働いている。また民間人が約五百名総勢千名の者がいる。貴様にはその者達の救出を頼みたい。直ちに釧路にある日魯漁業の会社に行ってくれ。独航船《どっこうせん》があるはずだ。頼むぞ」

独航船とは、普段は母船と一緒に漁に出かけサケ、マスなどを採る三十トン余りの小型の

漁船である。

宮本は一人で釧路に汽車で向かった。

釧路駅に着くと、第五方面軍の司令部からの連絡で、日魯漁業会社の社員数名が、宮本を迎えに来ていた。

「宮本少尉殿ですか。日魯の熊谷と申します」

迎えに来ていた社員の中から一人の男が前に出てきて宮本に挨拶をした。

「私、熊谷が独航船で占守島まで同行します。千島列島の海は庭みたいなものですから」

熊谷は、初老に近い五十代後半の男で、長年、独航船で漁を行っていたが、後輩に後を譲り日魯の事務所で事務方を行っていたが、この度の加工場の女子行員の救出に自ら申し出ていた。

熊谷は日に焼けた精悍な体をした、見るからに海の男という雰囲気を持ち合わせていた。

そして自分の娘が加工場に居ることも理由であった。

宮本少尉を筆頭に日魯魚業の社員が五名その中には熊谷もいた。独航船二十隻が釧路港を出港、歯舞、色丹島などにいた独航船も引き入れて国後、択捉、磨勘留島、得撫島、阿頼度島、志林規島等を辿るように行くと、独航船は二十六隻にもなっていったが、幌筵島に着くころには、占守島で唯一の山である四嶺山では熾烈な戦いが始まっていた。

占守島の日魯漁業の缶詰工場は島の南にある。港の一角に加工場はあった。

「貴様が宮本少尉か？」

独航船が幌筵島の港に着いた時に、いきなり堤師団長が現れた。宮本は思わず敬礼で返した。

「宮本であります」

直立不動で堤に答えた。

「樋口閣下から電信で連絡があった。これから幌筵島にいる七十四旅団に占守島への移動を命じた。独航船を使わせてもらう。そのあとに加工場と島民の者たち民間人の救出を頼む。幸い敵はソビエト側の竹田浜に上陸する公算が強い。加工場とは正反対であるので、我々は、ソビエト軍を撃破している時に、民間人を助けて北海道に連れて帰れ」

堤は宮本に向かって、それだけを言って、敬礼して踵を返して去っていった。

堤師団長の後姿を見ながら宮本は
――堤師団長は腹を括っているな。戦死も覚悟、またもうすでに大日本帝国は降伏しているのに、ソビエト軍との戦を覚悟していることは、捕まって死刑をも覚悟している。

背中をまっすぐして、歩いて去っていく堤を見て思った。

――儂も民間人を救出するためには、命を懸ける。

改めて堤の後姿を見ながら、宮本は心に誓った。

九十一師団の堤師団長は、幌筵島に駐屯していた指揮下の七十四旅団に、占守島への移動を命じ、戦車十一連隊とともにソビエト軍に対して戦闘命令を発した。

戦車十一連隊は、九七式中戦車三十九両、九五式軽戦車二十五両を有していた当時帝国陸軍最強の戦車連隊である。

また航空部隊も少数だが九十一師団は有していた。

陸軍航空機一式戦闘機、隼四機、と海軍の九七式艦上攻撃機四機であるが艦攻の一機は撃墜されていた。

堤師団長は、

「海軍の航空部隊をわが陸軍九十一師団に編入させ、直ちに出撃を開始」

海軍の九七式艦上攻撃機三機が、ソビエト上陸部隊に対して空爆を開始した。

隼は、ソビエト空軍の機影を求めて、艦攻と同時に離陸して飛び立った。

また、戦車十一連隊の戦車二十台も攻撃を開始した。

戦闘は、占守島唯一の山である四嶺山を巡って攻防が繰り広げた。

そして日本軍がソビエト軍を包囲する形で膠着した。

四嶺山の攻防戦において戦車第十一連隊は、連隊長車を先頭に四嶺山を占拠していたソ連軍に突撃を行って撃退し、四嶺山北斜面のソ連軍も後退させていた。

ソ連軍は対戦車火器を結集して激しく抵抗を始め、日本戦車を次々と擱座・撃破したが、四嶺山南東の日本軍高射砲の砲撃を受け、駆け付けてきた独立歩兵第二百八十三大隊も残存戦車を先頭に参戦すると、多数の遺棄死体を残して竹田浜方面に撤退した。

戦車第十一連隊は二十七両の戦車を失い、池田連隊長以下、将校多数を含む九十六名の戦死者を出した。

その後、日本側の独歩第二百八十三大隊は前進し、ソ連軍が既に占領していた防備の要所を奪還した。

ソ連軍はこの地の再奪取を目指して攻撃を開始し、激しい戦闘となった。

独歩第二百八十三大隊は大隊長が重傷を負い、副官以下五十名余が戦死しながらも、要地を確保して第七十三旅団主力の四嶺山南側への集結を援護することに成功した。

この戦闘の間、ロパトカ岬からソ連軍百三十ミリ砲四門が再び射撃を行ったのに対し、四嶺山の日本軍十五センチ加農砲一門が応戦してソビエト軍の砲台を粉砕していた。

戦車第十一連隊と歩兵第七十三旅団主力が四嶺山の東南に、歩兵第七十四旅団の一部がその左翼及び後方に展開し、日本軍がソ連軍を殲滅できる有利な態勢となった。

そして夜までには、幌筵島の第七十四旅団も主力の占守島転進を終えた。

ソビエト軍を包囲する形で膠着した頃、九十一師団の堤師団長は、

――そろそろ潮時か。もう十分戦った。これ以上の戦闘は無駄死を皆にさせることになる。

そして、至急電で樋口司令官に、

――ただいまから停戦と降伏交渉に入ります。

と打電して、ソビエト軍に停戦と降伏を行った

宮本少尉たちが率いる独航船が、女子工員を載せて占守島を離れたのは、八月十九日の午後四時ごろであった。

「宮本少尉。天が味方しています」

娘と再会した熊谷が、宮本に嬉しそうに囁いた。

幌筵島に近づいていた時から濃霧があたり一面に漂っていたのである。

波は少しばかり苛立っていた。

「しかしこの濃霧の中、島伝いに無事に帰れるか」

宮本が心配げに聞いたが、熊谷が宮本の顔を覗き込んで笑った。

「何十年も生きてきた海です。目を瞑っても帰れます。それにこれから日が暮れますのでソビエト軍は余計に我々を見つけることは困難になるでしょう」

濃霧の中では遠くで爆弾の炸裂する音が、何回とはなく聞こえてきていたと同時に、爆弾の破裂した時の光が否妻のように辺り一面に光っては消えていた。

「ソビエト軍が辺りかまわず撃ち込んでいます」

熊谷は、ざまーみろというような顔で呟いた。

今度は来た方向の北海道に向けて、千島列島沿いの海を独航船の船団は南下して行った。

そして、唯一隻を除いて無事、独航船は北海道の根室にたどり着いた。

しかし、宮本少尉の姿はなかった。

女子工員二十名が乗っていた独航船の一隻が、得撫島の近くの岩礁に座礁したのであった。

宮本は、座礁した船には乗っていなかったが、座礁した船を見て乗っていた船から飛び乗って救出を試みたのであったが、少し前から波が荒くなってきていた。

そのために座礁した船から、女子工員を移すことはできずにいた。

宮本は覚悟をした。

――この際、ソビエト軍に捕まっても、女子行員たちの命は守る。

八月十九日に占守島の日本軍は、ソビエト軍に正式に降伏した。

この占守島の戦闘では、日本軍の戦死者は戦車十一連隊を率いて戦った池田末男連隊長以下六百名、それに対してソビエト軍の戦死者は五倍にも上る三千名であった。

しかし降伏した日本軍は、全員ソビエトの船でシベリアに強制的に抑留された。

その中には、宮本少尉もいた。

座礁した船に乗っていた女子工員二十名が北海道に帰ったのは、昭和二十三年であったが、全員元気であった。

また、マッカーサーが八月三十日に厚木に降り立った時、北海道はアメリカが占領すると、宣言を行いソビエト軍の動きを牽制した。

スターリンの命で極東ソ連軍総司令官ヴァシレフスキー元帥は、二個狙撃師団に北海道上陸命令を下達して侵攻するための船上にいたが、マッカーサーの宣言により引き返している。もしも、堤師団長が率いる九十一師団の活躍が無ければ、時間的に北海道にはソビエト軍が大挙して上陸していた可能性は否定できない。

そしてアメリカのトルーマン大統領が、ソビエトのスターリンに北海道は譲れないとの書簡を送った。

結果、堤師団長が率いる九十一師団の活躍で、北海道をソビエトから守ったことになったが、満洲でのソビエト軍との戦いは悲惨であった。

もっとも悲惨な目にあったのが、日本から満洲に移住していた百三十二万人にもいた開拓者たちである。

悲惨な目というよりは、地獄を彷徨《さまよ》っていた。

ソビエト軍は総兵力百五十万、火砲二万六千砲、戦車五千両、航空機三千機で満洲を三方向から侵攻してきていた。

対して関東軍は、兵力こそ七十万人であったが、ほとんどの兵は開拓者たちの現地徴兵者であり、開戦前から駐屯していた精鋭部隊は、南方の戦線に移動していた。

また装備に関しても、火砲一千門、戦車二百両、航空機は二枚翼の練習機を含め三百五十機であった。

　圧倒的な軍事力の差があった。

　また、地獄の地と化した満洲では、開拓者たちのほとんどがソビエトとの国境付近に点在していたのである。

　彼らを悲惨な地獄に落とし込んだのは、ソビエト軍だけではなかった。

　満洲の首都であった新京には、関東軍の本部要員、満洲鉄道の本社要員、満洲国に出向していた日本人役人とその家族を含め十四万人の日本人がいたが、ソビエト軍の侵攻が始まったことを聞き、新京から計十八本の特別列車で三万八千人が脱出していた。

　その中には、軍人家族二万人、役人家族七百五十人、満鉄関係者家族一万七千人であり、民間人はわずか二百四十名程であった。

　この脱出には情報統制が引かれ軍人家族以外の民間人には、たとえ顔見知りの者でも秘しての脱出であった。

　そして、関東軍司令官の山田乙三《やまだおとぞう》と関東軍参謀長秦彦三郎《はたひこさぶろう》の夫人が、脱出の指揮を執っていた。

　その上、山田乙三夫人は、平壌まで列車で脱出し、陸軍の航空機で日本に帰っている。

　つまり、関東軍の上層部は、満洲全域にいた民間人と百三十二万人の開拓民を犠牲にして自分たちの家族だけを守っていたことになる。

昭和二十年九月二日

日本政府は東京湾に停泊していた戦艦ミズーリー号の甲板で降伏文章に調印した。

第五話

皇女嵯峨の宮を密かに上海から脱出させ、無事日本に連れ帰れ

陸軍中野学校生　望月新之助陸軍少尉

終戦交渉

望月を訪ねてきた者がいた。

天皇陛下が、終戦の詔書を日本国民に告げる玉音放送が流れた時に、同じく特務機関で働いていた田中徹雄大尉であった。

望月と田中大尉は顔見知りであったが、仕事の役目が違うためあまり会う事はなかった。

田中大尉は、影佐が東條英機によって、北満洲の砲兵隊に左遷となり、ラバウルで終戦を迎えたが、影佐の後を継いで日中和平への交渉を行っていた今井武夫少将の命を受けて望月を訪ねてきていた。

「望月少尉。久しぶりだな。南京にいる今井大佐が、いや今井大佐は少将になられている。終戦の予備交渉を今度行う。一緒に来てほしいのだが。貴様と影佐中将が、重慶に今井少将と一緒に行ったことを思い出して、貴様を連れて来るようにとの命が出た」

今井は大佐から少将に昇進していた。

田中が望月に尋ねた。

望月は興亜院の所属であったため、軍部の組織には表では属していなかった。

直接上司の課長の大平は、日本に引き上げる興亜院の後始末に歿していた。

即ち、望月はある程度自由に動ける立場であった。

また田中大尉は、豪快な男で望月とは、妙に気が合う関係であった。

「田中大尉。同行します。今井少将の警護ですか」

「そうだ。では湖南省《こなんしょう》の芷江《しこう》で中華民国軍の何応欽《かおうきん》将軍と会う。何応欽将軍が全権大使だ。車で行くので迎えに明日来るからな。武器は自分の拳銃を用意しておいてくれ」

望月に、田中大尉はそれだけを言って帰って行った。

興亜院では、今までの業務の痕跡を全て無くするため、書類の焼却する煙がまだ立て登っていた。

翌朝、車のボンネットの脇には、日の丸の旗と反対側には白旗を靡《なび》かせながら、田中大尉と今井少将の乗せた車が望月を迎えにきた。


運転は田中大尉がしていた。

望月が助手席に乗り込むと、

「今井少将お久しぶりです」

望月が、陸軍の略式帽子を被って、相変わらず口髭を生やしている、今井に振り向いて挨拶すると、

「望月少尉。元気でいたか」

望月は、今井の声かけに頭を縦に振って答えた。

「望月。車だと湖南省《こなんしょう》の芷江まで約十時間の道のりだ。途中は日本軍の占領地を通るから安心していろ」

田中大尉が望月に言った。

確かに、道中は日本軍の占領地であったが、日本軍の押さえていたところは、村単位であったが全て点しか押さえてなかった。

村を外れると、中国軍のゲリラが出没していたのであった。

それに、日本が負けたことでゲリラを含め中国軍だけでなく地元の村人も勢いづいていた。

望月たち一行が湖南省に入ったある村に入ると、この村は日本軍の小隊が駐屯していたが、村人は、機会さえあれば日本軍を攻めるつもりでいるかのように、望月が車のガラス越しに見ていると、鋭い眼光を放っていた。

望月は思わず背広の中の胸にしまっている短銃を握った。

湖南省の芷江は、山岳地帯である。

この村は、山岳の麓にあった。

車は、小隊の駐屯している一軒の民家の前に停まった。

民家の前には、日本の国旗が翻っていて歩哨が銃剣を構えて立っていたが、車が音を出して停まると、民家の中から一人の将校が出て来た。

そして、車から今井少将が降りると、将校が、

「五十嵐少尉であります。ただ今この村に駐屯しています四十二独立歩兵小隊の隊長をしている者であります」

初々しく敬礼をして言った。

望月と田中大尉は平服であったが、今井少将は司令官服でサーベルを腰に下げていた。

「五十嵐少尉。この度の終戦によって、正式には貴様の上官から説明が来るであろうが、この度、儂はこの者たちと一緒に芷江に向かう。それまでの貴様たち小隊は、一緒に行動をせよ」

今井少将は、五十嵐少尉に命令を下した。

「では、芷江まで同行いたします」

五十嵐少尉は、ほっとしたように表情で望月の顔を見て笑みを浮かべていた。

五十嵐少尉が、小隊の全員を民家の前に召集すると、村人たちが、遠巻きにして見ていた。

村人の顔にも安堵の表情があった。

――これで日本軍がいなくなり、村には平和が戻る。

五十嵐が、小隊全員に撤退の訓示を行って、村長の所に走って行き、敬礼をしながら、

「大変お世話になりました」

言った途端に、村人たちの表情が和らいだ。

その表情を見て望月は今まで握っていた短銃から手を離した。

五十嵐小隊には、トラックが一台民家の前に止めてあった。

小隊全員トラックの荷台に乗って、今井少将たちの車の前に出てきて出発したのであった。

しばらく走って行くと、道が坂道に変わり、でこぼこ道となっていった。

すると、道の前方には、中国軍の正式旗である青天白日旗《せいてんはくじつき》が、翻《ひるがえ》っているのが見えてきた。

望月は、

――遂に和平がくる。

望月はこれで戦争が中国大陸で終了したことを実感した途端に、なぜか心に安堵をおぼえた。

今井少将と望月、田中は、何応欽将軍を筆頭に中華民国の将軍が控えていた席に、挑んだ。

五十嵐少尉たちの小隊は、後方に待機させて三人のみで中華民国の軍に向かった。

「戦争交渉ではなく、また停戦交渉でもなく、降伏交渉なのだ。警備は二人だけで十分だ」

と言って、今井少将は田中大尉と望月少尉だけを連れて交渉に挑んでいた。

降伏交渉の最大の問題は、日本軍の武装解除の事であった。

今すぐ武装解除するのか、それとも中国を離れる時に武装解除を行うのかという時期の問題であったが、共産党の八路軍の躍進と満洲に侵攻していたソビエト軍の事があり、大陸を離れる時に武装解除を行う事になった。

但し、日本兵の安全が確保できると日本軍が確信できた段階では、武装解除に応じる旨が取り交わされた。

そして、それまでは中華民国軍の監視下に日本軍を置き、滞りなく撤退させるという事になった。

降伏に関する交渉が終わり、今井少将が車に乗り込もうとした時、何応欽将軍が一人で近づいてきて、今後は日本軍と在留日本人に対して、「得を持って怨に報いる」という蒋介石の言葉を伝えた。

蒋介石本人が、日本軍人と民間日本人に対して報復は行わず、日本への帰国を妨げないという内容であった。

交渉の時、何応欽将軍が一番心配したのは、現地の日本軍の降伏の拒否であったが、今井少将が、

「天皇陛下が自ら玉音放送にて無条件降伏を言われた。天皇陛下自ら言われたことを帝国軍人として逆らう者は一人もいない。それより、共産党の八路軍、日本軍が負けて自暴自棄になっている汪兆銘の軍を、しっかりと監督することが貴殿の役目である。我々帝国軍人の事は心配しなくて良い。但し治安維持と在留邦人の保護には、全力で帝国陸軍は対処する」

と、何応欽将軍に言った。

それからすぐに、南京の軍官学校において、満洲を除く中国大陸での正式降伏文書の調印がなされたのである。

日本側代表は支那派遣軍総司令官岡村寧次《おかむらやすじ》と、中華民国代表は中国陸軍総司令として何応欽将軍の間で成されたのであった。

望月は上海に帰って、田中大尉と一緒に上海で在留邦人の引き揚げを段取りしていた。今井少将は南京に居て、日本軍の撤退の指揮を取っていた。

上海にも、中華民国の軍と同時ぐらいにアメリカ軍も進出してきていたが、今度はアメリカ軍と協力して、望月は興亜院の課長大平と共に、ユダヤ人の出国の手筈を行っていた。

ユダヤ人たちは、アメリカ、カナダなどに出国の希望を持っていたので、その段取りをアメリカ軍との調整を行っていた。

望月が、仲良くしていたラケル婆さんもアメリカ出国を希望していた。

「望月さん。お世話になりました」

ラウル婆さんは、微笑みながら望月に別れを言いに来ていた。

望月と田中が、ユダヤ人たちの出国の手筈を行うためアメリカ軍の民政官と話を繋げ、無事アメリカへの出国を了解させていた頃、望月を尋ねてきた者がいた。

興亜院の受付から望月の部屋に、電話があった。

「望月少尉に面会者です」

望月に部屋にいた他の者が声を掛けた。

「面会者——誰だろう」

望月は興亜院の玄関に向かった。

興亜院は香港上海銀行の建物を接収して設けられているため。元銀行であったために一階は大きなフロアーになっている。

フロアーの真ん中には、麻のつばの広い帽子を被って、白の木綿のノースリーブの清楚な感じの服に纏《まと》った女と、幼い男の子が白の解禁シャツに、半ズボンで白い長いソックスを穿いて立っていた。

望月が二階から羅線になっている階段を下りると、足跡に気付いたのか帽子を取って女が顔を上げた。ショートカットの髪が風に振られている。

そこには、想像さえできずにいた女がいた。

「美麗」

望月は、思わず声を上げて駆け寄った。

「美麗ではないか」

望月は心臓が張り裂ける思いであった。

望月が美麗の傍に立っている男の子を見ると、男の子が望月を見てほほ笑んだ。

「この子は？」

望月は、思わず美麗に問うた。

美麗は精いっぱいの声で答えた。

「貴方の子です。名は私一人で付けました。正文と言います」

望月は美麗の言葉に、うれしさと心配な気持ちが混同している顔した。

「本当か」

と言って、正文の顔を屈んで見た途端、抱き上げた。

「本当だ。儂によく似ているぞ」

望月は正文の顔を繁々と見ながら言った。

傍にいた美麗の目には、涙が溢れんばかりに溜まっていた。

涙を見た望月が自分の背広のポケットからハンカチを出して、美麗に渡した。

「美麗。元気でいたか。一度重慶で見かけて追っかけて行ったが、見失った」

正文を抱きながら残念そうな顔をして言ったが
「え…本当？」

美麗はびっくりしたような顔で望月に答えた。

「ああー本当だ。蔣介石の屋敷に行った時に」

正文を強く抱き上げながら美麗に言った。

すると、

「そうなの。あの時は父と兄とわたくしと三人で蔣介石閣下にご挨拶に行きました。それからこの正文も車の中にいました」

呟くように答えた。

望月は美麗の答えに頷いた。

——そういえば車の中には人影が見えたが、正文だったのか。

蔣介石の屋敷のことを思い出した望月は、美麗に近づいて口を開いて、自分の思いをぶつけた。

「美麗。これから一緒にいられるのか？」

少しは考えていたが美麗は、黙って頷いた。

それから美麗と正文は、望月の住んでいる部屋に向かった。

美麗と正文が望月と一緒に住むようになって、久しぶりに夕刻、上海バンドに親子三人で散歩に出かけた。

上海バンドの傍を流れる黄浦江の畔に腰を掛けて、正文が一人で遊んでいるのを二人は見ながら、美麗が問うた。

「新之助。これからどうするの。引き揚げ船で日本に帰るの」

望月は、美麗の心配した顔を見ながら、

「美麗が日本に一緒に来てくれるのであれば、日本に帰る。しかし中国にいるのであれば、俺も中国にいるつもりだ。今まで離ればなれになっていたから、これからは常に一緒だ」

望月が美麗に笑みで答えた。

「新之助」

美麗は、望月の思いを聞いて望月の肩にしな垂れかかったが、その時、黄浦江からの風が心地よく吹いていた。

望月親子の周りには大勢の上海市民が、夕暮れの上海バンドに繰り出していたが、久々の戦争からの解放に酔いしれている風であった。

最後の引き揚げ船

昭和二十一年十二月中国大陸からの最後の引き揚げ船が、上海の港から出ることになっていた。

最後の引き揚げ船は、アメリカ海軍の揚陸艦、通称ＬＳＴと呼ばれていた船であった。

日本の船はほとんどが沈められ、二百五十万人もの日本人を運ぶことは困難であったため、急遽アメリカ軍が手配した船であった。

その日は、上海の天気は小雨の降る寒い日であった。

望月が最後の引き揚げ船に、乗船する在留日本人たちの世話をしている時、田中大尉が歩いて望月に近づいてきた。

「望月。少し時間はあるか」

田中大尉の顔は緊張で強張っていた。

「何ですか。田中大尉」

望月が田中大尉の顔を見ながら、問いた。

「実は、重要な情報が入ってきた。今井少将も今夜この最後の引き揚げ船で日本に帰るため上海に来るのだが。その今井少将から皇室の宮が、どうもこの上海で幽閉されているらしいとの情報が入った。偽名で隠れていたが、国民党軍に捕まって取り調べを受けているようだが、今までのところ、誤魔化していたがどうも怪しいと疑われているようだ。それに今度の引き揚げ船が最後になるので、もし皇族でなくても日本人であれば何としても船に乗せねばならぬ。まして満洲国皇帝溥儀の弟の溥傑《ふけつ》に嫁いだ嵯峨《さが》の浩《ひろ》殿と娘の嫮生《こせい》殿だったらなおさらだ。捕まったら処刑されるかも知れん。現に川島芳子も捕まったようだ。処刑されるとのうわさだ。彼女は新京を脱出する時、二人の親子を手引きして助けている」

田中大尉は、顔を引き締めて望月に言った。

「田中大尉。明日の朝八時には出港ですよ。救出するのであれば今夜しかありません。場所は分かっているのですか?」

望月が、田中大尉に問うた。

「おおよその見当はついている。しかし国民党政府の兵士が警備しているはずだ。貴様の力がいる」

「分かりました。車を手配してきましょう。田中大尉、武器は？」

望月の問いに田中は、背広の上から胸を叩いて微笑んだ。

望月は田中に、愛用の南部式拳銃を、背広の中から取り出して微笑んだ。

「今夜九時に興亜院を出発する」

田中大尉が、望月に言った。

二人は約束通り午後九時には興亜院で待ち合わせして、嵯峨の浩親子の救出に出発した。

情報では、上海郊外の一軒家に軟禁されているとの事であった。

嵯峨の浩親子の居場所は、田中大尉が特務機関時代に密偵として使っていた、中国人の男からの知らせであった。

今まで、国民党員として国民党内に手の者たちを忍ばせていた。

その男からの知らせであった。

軟禁されていると見込んでいた一軒家から、ほぼ一キロ近くの路上に車を停めた。

辺りは田んぼが広がっているが、一軒家の近くには雑木林が茂っている。

あとは見渡す限り集落らしきものはなかった。

ぽつんと雑木林の中にある家であった。

「田中大尉。私が十二時になりますと、警備兵の注意を逸らすために家の横から、騒ぎを起こし引き寄せますので、大尉はその間に裏戸から忍びこんで親子を救出してください。警備兵の注意を逸らした時、懐中電灯の光を三度点滅します。それが合図です。

合図と共に家に突入してください。そして、車で脱出してくだされば、ここの場所にて、私を拾ってください」

田中大尉は、一言、

「分かった。それまで仮眠しておこう。十二時が来たら儂が起こすから」

望月は十二時に田中大尉に起こされ、車から降りて一軒家の方に向かって行った。

――今日は月も隠れて出ていない。

まったくの暗闇の中を目を凝らして歩いた。

時たま姿を隠すために茂みに隠れながら、一軒屋に近づいて行った。

田中は車を茂みに停めて隠した。

すると月を覆っていた雲が晴れたのか、月明かりがぼんやりと辺りを照らしていたが、望月の吐く息が白く光っていた。

雨も小雨ながら少し降っている。

一軒家が見える場所に行くと、朽ち果てたような家が見えた。屋根が半分堕ちている。

壁はレンガの壁でこれも所々に穴が開いていた。

望月は腰を屈め、当たりの様子を窺ったが、朽ち果てた家の明りはなくシーンとした空気だけが支配していた。

——寝静まっているな。

わずかに足音が近づいてくるのが聞こえてきたが足音は、家の周りを回っているようであった。

——外にいる警備兵は一人か。家の中に何人いるか分からないが。

すると家の玄関のドアーが開き、一人の男が出て来た。

——二人だな。よし調べるか、何人の者が警備しているか。

望月は、近くで石を探して、思いっきり石を投げた。

すると雑木林に石が落ちて、ガサと音がした。

その音を聞いた警備兵二人が顔を見合わせ、何やら喋りながら音のした雑木林に走って行った。

しかし、家の中からは誰も出ては来なかった。

——よし。警備の兵士は二人だけか、しかし小銃を二人とも持っていたな。

望月は、少し後ろに下がり、田中が隠れていると思われる方向に向けて、懐中電灯を三度点滅させた。

望月が、目を凝らしていると田中であろう黒い影が、走って家にへばり付いたのが見えた。

——警備兵が雑木林から出てきたら、もう一度、石を別な方角に投げるか。

望月が、雑木林を見ていると、二人の警備兵がブツブツと何やら言いながら出て来て家の方角に進んでいた。

――よしもう一度。

望月が、石をもう一度投げると、警備兵の一人が中国語で、

「誰だ。誰かいるのか」

と大声で誰何《すいか》した。

望月が蹲《うずくま》って家を見ると、家の中がぼんやりと明るくなっていた。穴の開いた壁から明かりが漏れている。


――田中大尉は、母娘を見つけたかな。

すると、影が動くのが見えた。

人数は三人であった。

そして、影は家からでて、茂みに消えた。

しばらくして、車のエンジンを掛ける音が聞こえてきた。

――成功だ。

警備兵が車の音がしてきた方向に走って行く。

望月は拳銃を取り出し、警備兵めがけて拳銃を撃った。

しかし、警備兵は怯まず車に向けて小銃を発射した。

――くそ。

望月は、拳銃を続けて撃った。

すると一人の警備兵が倒れたが、もう一人の警備兵が今度は望月をめがけて撃ってきた。

――よし逃げるか。

望月は走って雑木林を抜けて道路に出た。

すると田中大尉が運転する車が無灯火で近づいてきて、エンジン音だけを頼りに停まることなくスピードを落としていた車に、望月は飛び乗るように乗りこんだ。

時間は、夜中の一時を回っていた。

望月が助手席に座ると、後ろの座席には、母娘が二人震えながら抱き合って座っていたが、顔は安堵の表情であった。

そしてそのまま上海港の桟橋に車は行き、引き揚げ船が岸壁に係留されている埠頭で停まった。

不思議な事に中国国民党の兵士はいなかった。

前日の最後の引き揚げ船において、日本人の乗船を確認して、引き上げていた。

しばらくすると、船のタラップを降りる者がいた。

今井少将である。

今井は、二人の母娘の事が気がかりで、一睡もしていなかった。

「今井少将殿。田中大尉、望月少尉、無事に任務を果たして帰りました」

田中大尉が、直立不動で敬礼をして、目を真っ赤にしている今井に言った。

傍には、嵯峨の浩と娘の嫮生が立っていた。

「よし。御苦労であった。田中大尉、そして望月少尉」

今井の目には涙が滲んでいた。

「ただちに、乗船」

今井が声を掛けた。

タラップを駆けあがる者は、浩と嫮生を先頭に今井少将、田中大尉と続いたが、望月は岸壁に佇んでいた。

田中は望月が続いていないことに気づき、脚を止めて振りかえった。

すると望月は、岸壁で敬礼をしたまま佇んでいた。

望月の目には涙が流れていた。

田中には望月の思いが分かっていた。

――望月は、残るつもりだな。

田中は望月の瞳を見つめながら、望月に敬礼をした。

そして、ありったけの大声で、叫んだ。

「望月。元気でいろよ。死ぬなよ」

望月は、当分佇んでいたが、船の中に田中大尉たちが消えると、静かに車に乗り込み岸壁から離れて云った。

望月の車が過ぎ去った上海の港には小雨が、霧のように降り注いでいた。

第六話

ベトナム独立を援護せよ　生き残った陸軍将兵の苦渋の選択

陸軍中野学校卒　多賀眞次陸軍軍曹
園尾勇二陸軍軍曹

アオサイの少女

平成二十七年（二〇一五）七月十五日　広島空港

この日は台風が過ぎ去った後のさわやかな白南風《しらはえ》が吹いていた。数日来の黒南風《くろはえ》が吹き荒んで、台風六号が日本中に被害をもたらした後の、入道雲が夏空に聳えている日のことである。

多賀眞次《たがしんじ》は待ち遠しくそして心が躍るのを辛うじて押えていた。

孫の一馬《かずま》の押す車椅子に座って、思いがけない人と会うために、広島空港の国際線の到着ロビーにいた。

今年で九十九歳になる眞次は、ベトナムのハノイからの臨時便が到着するのを待っていた。脚の悪い眞次は肘を擦りながら、眼の前にある到着を知らせる電光掲示板を食い入るように見ていた。

十分ほどが過ぎた時、いきなりベトナム航空の到着が掲示板に表記された。

途端に顔が火照りだしたのが分かった。同時に唇から洩れる吐息も激しく波を打っている。

——本当に会える。

車椅子から思わず身を乗り出して、ガラスのドアーで仕切られた到着ロビーの中を凝視した。広島空港の到着ロビーの片隅には、乗客が降りてくる階段がある。

階段に乗客の人影が現れるのに、二十分ほどの時間が過ぎた。

眞次はこの二十分がまるで、何十年の年月に感じていた。年月が過ぎたあの日の出来事が走馬灯のように頭の中を駆け巡った。

眞次の皺だらけの手のひらに脂汗が滲んでいる。思わず頬で手のひらを拭いた。

――しかし本当に来るのだろうか。

背広の胸に仕舞っている手紙を取り出して、改めて目を通した。その後に沿えるように静かに胸のポケットに仕舞った。

手紙にはたどたどしい日本語で、日本に行くことになったので会いたいと書かれていた。文は流れるような細い字でいかにも若い女性が書いたものであるように思われた。

――あの人の曽孫と会えるなんて……夢みたいだ。あのベトナムで激動の時代を生き抜いたが、長生きができてよかった。

少なくなった白髪を撫ぜながら手で整えた。そして騒ぐ心を静めるように瞳を閉じた。

しばらくすると階段の上に黒い塊の影が現れたと思ったら、いきなり階段が黒く染まった。到着した乗客が一斉に堰を切ったように下りて来たからである。

「おじいちゃん……乗客が降りて来たよ」

今年で二十五歳になる数馬が若者特有の透き通るような声で、眞次の背中越しに言った。

眞次は数馬の声に推されるように、ゆっくりと瞼を開けた。

南方のベトナムからの乗客は真夏にも関わらず、ほとんどの者が背広姿のビジネスマンのようだ。

最近はベトナムとの経済交流が盛んになったためか、地方にある広島空港にも臨時便が就航していた。

車椅子から今にも転げ落ちそうに身を乗り出している眞次の瞳に、黒い塊が消えた。

同時に階段の白い床が見えた。ほとんどの乗客が階段から下りたためだ。

―まさか…来なかったのか…それともあの黒い集団の中にいたのか…まずい…見落としたのか。

必死の目で見ていた眞次の心が騒いだ。

慌てて階段から到着ロビーに目を転じた。ロビーは黒い塊に染まっている。次々に小荷物がベルトコンベヤーで流れていた。

コンベヤーを取り囲むように自分の荷物が流れてくるのを待っている乗客を、一人一人確かめるように目を光らせて見回したが、それらしい人物は見つけられない。

焦った。額に脂汗が湧きだした。

すると突然に一馬が大声を上げた。

「おじいちゃん…もしかしたら…あの人…」

階段の上を指さして言った。

一馬の指さす方を見ると、まるで今までの黒い塊とは無縁な清い世界の中にいるような人影が見えた。階段を小柄で細身の一人の女性がゆっくりと下りてきている。長い黒髪を揺らしながら下りていた。

ベトナムの民族衣装である真っ白なアオサイに身を包んだ女性が、瞳の奥に焼き付いた。数十年ぶりのアオサイの女性を見て心が躍った。女性は躰の線を強調した上衣の裾を靡《なび》かせながら、ズボンであるクワンを穿いてしっかりとした足取で階段を下りていた。

眞次はアオサイの女性を見て天女が舞を舞いながら、空から降りてくるようだと思った。そして目を逆さにしてアオサイの女性の姿を追った。女性は階段をゆっくりと下りてコンベヤーの周りにいる黒い塊の男達の中に消えた。眞次は消えた女性の姿を確かめるように見つめていた。

しばらくすると黒い塊の中から大きな鞄を手にして現れた。

到着ロビーと出迎えに来ている者たちのいる場所を分けているドアーに近づいてくる。

一馬が持っていた紙を女性の目に留まるように大きく広げた。

紙には大きな字で、ティー・トゥイエット・メミ様とベトナム語で書かれている。

ドアーが開いた。すると女性は一馬が掲げている紙を見て、手に持っていた鞄を床に落として、手を口で覆って驚いた仕草を見せた。

床の鞄を拾い自分に向かって歩いてくる女性の姿を見ていたら、眞次の瞳に大きな涙が滲み出てきていた。

――歩く姿はやはりあの人の血を受け継いでいる……それにあの人の婚約者にそっくりだ。

背筋を伸ばして歩いている姿と、歩きながら後髪を優しく撫ぜる仕草を目にして、遥か昔の過ぎ去りし日の人物に思いを馳せた。

眞次の目の前に、アオサイの透き通ったような純白の世界が広がった。

と同時に若い女性の爽やかな香りが漂い出した。

眞次は車椅子に座ったまま目を上げて、微笑んで立っている女性の瞳を覗くように見た。

――あの人とうりふたつの輝くような瞳をしている。

途端に瞳を濡らしていた涙が、勢いを得たように頬を伝わってきた。

まるで自分が若き日に仕えた人物に接するように、思わず眞次は片手をあげて敬礼をした。

眞次の予想していない姿勢に女性は、少し戸惑いを感じた表情を浮かべたが、眞次の気持ちが通じたのか、笑みを浮かべて敬礼で返した。

その姿を見て、益々眞次は確かにあの人だ。姿形は変わってもあの人に間違いない。

アオサイに身を包んだ女性は、ティー・トゥイエット・メミという名のハノイ大学の学生で、今年十九歳になる。

瓜実顔に神が宿ったような澄んだ瞳をしていた。少し小柄だが純白で薄着のアオサイがとてもよく似合う知的な容貌をしている。

眞次とティー・トゥイエット・メミは互いに向きながら佇んでいた。

その周りをベトナムから帰った背広姿の男たちが、異様な光景を見るように不思議そうな顔をして通り過ぎる。

しばらくして、一馬がティー・トゥイエット・メミに声をかけた。

「メミさん……日本語は？」

するとメミは敬礼をしたまま頷いた。

「ではそろそろ行きましょうか？」

一馬がメミを誘った。

眞次は一馬が押す車椅子に座ったまま、広島空港のターミナル前にある駐車場にメミと共に向かった。

一馬の自家用車の助手席に乗り込んだ眞次は、後部座席に座っているメミに向かって声をかけた。

「メミさん……私の事がよく分かりましたね……」

しばらく考えている素振りをしていたメミが、たどたどしい日本語で口を開いた。

「私の曾祖父さんは日本人であることは母親から聞いて知っていました。私がハノイ大学の日本語科を選んだのは偶然ではありません。私の大学の先生が、ベトナム残留日本兵の団体であります日本ベトナム友好協会の関係者でありました。その縁であなたの事を知りました。そこで大学の夏休みを利用して、どうしても私の曾祖父であります石井卓雄の祖先の墓参りをしたいと思って、日本に来ました。それと曾祖父と仲の良かった井川省《いがわせい》さんの墓参りもしたいと思っております」

眞次はたどたどしい日本語で話すメミの言葉に、耳を傾けた。

そして瞳を閉じて在りし日の、石井卓雄陸軍少佐とのベトナムでの思い出を鮮明に蘇らせていた。

暗号作戦電文・七・七・七

昭和二十年三月九日

【日本はフランスがドイツとの戦いで降伏し、ドイツ寄りのヴィシー政権がフランス本土に成立したのを踏《ふ》んで、日仏協定を結びフランス領インドシナに軍隊を展開させた。一般的には、仏印進駐と呼ばれていたものである。

インドシナはベトナム王国、ラオス王国、カンボジア王国と三国から成り立っている。フランスは三国と保護条約を結び統治を行っていた。

そしてその後の大東亜戦争中も、フランスのインドシナ植民地政府が統治は続けており、軍事面では日本の陸軍とフランス軍が共同警備の形式をとっていたのである。

フランス軍は従来のままの戦力を維持していた。しかし、ヨーロッパ方面でのドイツ軍の戦況が悪化し、更に連合軍のヨーロッパ反攻が本格化してフランスが解放されると、仏印フランス軍は、不穏な動きを始めるようになったため、インドシナに駐屯する第三十八軍に対して、武装解除の場合は七七七を、そのままフランス軍の駐留を認める場合は、三三三の暗号電文を発する旨の命令を、大本営は事前に定めていて第三十八軍に通達をしていた】

帝国陸軍第五十五師団は、四国四県での徴兵を中心とした部隊で、本部を香川県の善通寺に置いていた師団であるが、大東亜戦争後半にはインドシナ防衛の任務についていたため、カンボジアのプノンペンに本部を置いていた。

石井卓雄の姿を、師団参謀本部の廊下で見つけた通信兵が、顔色を変えて近づいてきた。

「石井少佐殿。第三十八軍司令部から至急電で、連続短信七七七の入電です」

通信兵は手に持っていた至急電の紙を石井に差し出した。

「間違いないか？」

手に持ったまま、石井は通信兵に正した。

「間違いありません」

通信兵はきっぱりとして言った。

「よし分かった」

石井少佐はしばらく呆然とした気持ちになったが、意を決っして参謀本部の扉を開けた。

「師団長。とうとうフランス軍の武装解除の命令であります明号作戦の発動開始七七七の電文がきました」

参謀本部にいた師団長以下他の参謀将校たちに告げた。

「よし。では手はず通りに」

師団長が大声で参謀たちを見回しながら告げると、全員がそれぞれの持ち場を目指して参謀本部から出ていった。

「石井少佐。我々五十五師団はビルマ（現ミャンマー）から転進したばかりだ。我々だけでは心持たない。そしてもともとのカンボジアは第二師団の歩兵第二十九連隊が守っている。貴様には二十九連隊との作戦の分担について話をしに行ってくれ」

師団長の言葉に、石井は大きく頷いた。


第五十五師団と歩兵二十九連隊は、カンボジアのプノンペンに要塞を築いていたフランス軍に対して、夜襲をもって攻撃を開始した。

日輪が上がる夜明けにはインドシナ全域で、日本軍はフランス軍の武装解除を行った。若干の抵抗はあったが一晩でフランス軍は白旗を挙げた。

第三十八軍はインドシナを管轄として、配下にハノイとラオスを主とした第二十一師団、ベトナム中部に第三十七師団、サイゴンを含むメコンデルタ地域を管轄とした独立混成七十旅団、そして独立混成三十四旅団、カンボジアに展開していた第二師団の歩兵第二十九連隊で構成されていた。

総兵力は三万人、対してフランス軍五万人の兵力であったが、三万人の日本軍が暁の作戦において、作戦名明号作戦として一晩で五万人のフランス軍を壊滅したことは、瞬く間にインドシナ全域の民衆に伝わった。

フランス軍が降伏したことを知って、ベトナムのパオダイ大帝は独立宣言を行い、カンボジアのノドロム・シアヌーク国王も続いて独立の宣言を発した。しばらくしてラオスのシーサーワンウォン国王も続いた。

インドシナ三国は長い間のフランスの植民地から解放されたが、本当の独立への苦難はこれから始まった。

昭和二十年八月十五日

石井少佐が岩畔機関の特務工作を行っていた多賀眞次、園尾勇二の二人を師団本部にしていた仏教寺院の中の自分の部屋に呼んだ。

二人が部屋に入ると、石井は夏服の半袖のシャツに腰に軍刀をぶら下げ、長革靴を履いて立っていた。

二人が直立不動の姿勢で敬礼をすると、石井は口を開いた。

「日本が負けた。今日正式に第五十五師団に対して、進駐してくる連合軍に降伏するようにとの命令が下った」

石井少佐の顔は、普段と変わらぬ穏やかな顔つきであったが、話の途中で時々見せる瞳の奥には苦悩がどんよりと沈んでいるようであった。

多賀と園尾は、いずれこの日が来ることは理解していた。

岩畔機関の者として、ベトナム、カンボジア、ビルマなどで情報収集を行っていたが、日本軍の敗戦が近づくようになると、現地の者たちが日本軍に敵対するようになっていたため、彼らは肌に感じ取れていた。

石井少佐の言葉に、

「そうですか」

と多賀と園尾はため息にも似たそして腹の底から、力が抜けた声を出して一言を呟《つぶや》いていた。

部屋には重苦しい空気が一時漂っていたが、その重い空気に風穴を開けるように、園尾が声を出した。

「石井少佐。では私たちは今までの特務任務から外されるのですか？」

すると石井少佐は、俯《うつむ》き加減にしていた顔を上げて園尾を見て、「そうだ」と力を入れた声で言った。

暫らくして園尾が覚悟した顔つきで口を開いた。

「では石井少佐。私は只今《ただいま》から現地除隊にしていただき、ベトナムに行きたいと思います」

と部屋中に響き渡る声で言った。

「ベトナムへ？」

石井少佐が園尾の言ったことに怪訝《けげん》な顔をして、問うた。

「そうです、ベトナムに行きます。我々二人は明号作戦でフランス軍の武装解除の折、ベトナムにいて、目の前でフランス軍の壊滅を見ていました。その時のベトナムの民衆の喜びは半端なものではありませんでした。その姿が忘れられません」

と今度は笑みを浮かべて石井少佐に言った。

石井少佐が園尾の言葉を聞いて、多賀の顔を凝視すると腹を括った顔をしていた。

——この者たちは日本には帰らず、ここに残るつもりのようだな。特務機関の者たちだから、それなりに現地語も堪能だし、現地の者たちとも情報交換をしているな。それに現地の人間と人脈も創り上げているようだ。

思案顔して、二人を見渡していた石井少佐に、園尾が目頭を熱くして、

「実は、我々岩畔機関の者たちは、現地の者たちと一緒にアジア解放のため、命を懸けて戦ったのですが、日本が負けてこのままおめおめと帰ることはできません。今まで何のために戦ったのか。悔しいです。だから二人で相談したのです。

幸いベトナムではベトミンと言う独立を願う者たちで、組織された部隊ができています。それに参加しようと思っております」

石井少佐が改めて顔を見て、

「しかし、国では皆の元気な顔を待っているぞ」

と諭すように言うと、

「でも焼け野原になっていると聞きましたが」

多賀が石井少佐に投げやりに言った。

「だから、お前たちが帰って日本を再建するのだ。お前たち、もう一度よく考えてみろ」

と　更に念を押すように石井少佐が言った。

その後、二人は、失礼しますと言って部屋から出て行ったが、しばらくして部屋に再び入って直立不動のまま改めて、

「ベトナムに行きます」

と二人が口を揃えて石井少佐に言いにくそうな口調で言った。

椅子に腰かけていた石井少佐がいきなり腰を上げて口を開いた。

「そうか。では仕方がない。それだったらお前たちに言いたいことがある。この俺に命を預けられるか」

二人は、石井少佐の言葉に耳を疑った。

「少佐どういうことですか、命を預けろとは」

ふぅーと溜息をついた石井少佐は、そして二人の顔をゆっくりと順に見渡しながら、

「実は、友人の井川省少佐から誘われて、俺もベトナムに行くことにしている。井川も俺も職業軍人だ。その職業軍人が戦争に負けて、はいそうですかとおめおめと帰れるか」

とにこりと微笑んだ。

「なんだ、そうだったのですか」

多賀は石井少佐の言葉に、一気に緊張が解けた。

傍に立っている園尾を見ると、同じように肩の力が抜けたように思えた。

数日が過ぎた頃、石井少佐の元に師団の兵士たちが押し寄せてきた。

石井少佐が、ベトナムに行く噂が広がり、志願兵が大挙してきていた。

残留を希望する者たちの内、日本に妻と子供等の家族を残している者、家長すなわち長男、それから赤紙で徴兵された者は、日本に帰るように説得した。

最終的に残った者二十名あまりが、石井少佐と供をすることを誓った。

軍人以外にも師団本部の軍医の西岡智司、従軍看護婦の林貴江《たかえ》、村上千代、檀上妙《たえ》、園尾千恵である。

園尾千恵は園尾勇二の妻である。

園尾勇二が、プノンペンで現地人に軍事教練を行った時に、急性の盲腸炎になって千恵のいた野戦病院に入院した折に、盲腸の手術をしたのが軍医の西岡であった。一命をとりとめて献身的に親身に看護をした千恵に、勇二が一目ぼれした結果、結婚を申し込んで夫婦の契りを結んでいた。

軍医の西岡は外科医であったが、暇さえあれば現地の子供たちの病気を、親身になって直そうと奮闘していた。

よく言葉にしていたのは、

「俺の専門は外科医だが、ここでは小児科、内科、産婦人科すべてのことをしなくてはいけない。しかしあまりにも薬が足りない。それが悔しい」

フランス軍を武装解除した時には日本の兵士たちより、西岡が一番喜んだ。

——これで少しは薬が手に入る。

そして西岡は軍医となってカンボジアに赴任する時には、医者の心得としてすべての医科の専門書を持参していた。

野戦病院は屋根を竹の葉とノンと呼ばれている帽子の同じブオンの葉で、覆われて、竹の柱で簡単に組み立てられている病棟である。

決して立派な病院でないが、雨季の雨露にそして南方の強烈な日差しに辛うじて耐えられる造りである。床は少しばかりの風が通り抜けられるように高床になっていた。幾分は涼しく感じられるように作られていた。

そして蚊帳を病院にいる傷痍軍人たちに覆うように掛けられている。熱帯特有のマラリアから守るためである。

軍医の西岡を支える者として四名の看護婦が働いていた。

看護婦の林貴江《たかえ》は小柄で愛くるしい顔立ちであるが、口にすることは言いにくいこともはっきりと受け答えして、その言葉があまりにも核心を突いているためか、病院に入院している傷痍軍人たちには、一目置かれた存在であった。

ある日のことである。

貴江は顔面を掠った弾で傷ついていた傷痍軍人の包帯を、腰を屈めて取り換えていた時に、隣に寝ていた貴江とは十歳ほど若い兵隊が、起き上がったと同時に貴江の看護服の上から尻を触った。気が付いた貴江はいきなり腰を上げて、その兵隊の手を握り大声で叫んだ。

「あんたねぇ。女の尻に触るぐらい元気だったら、もうこの病院にいることはないでしょう。

さっさと鉄砲を担いで戦場に行きなさい」

若い兵隊は思わぬ貴江の反撃に、顔を真っ赤にさせてタジタジとなった。貴江の声は病院内に響くぐらい大声だったためか、他の傷痍軍人たちに思わず笑いが起きた。

その一件以来、貴江に対して傷痍軍人たちは、ますます腫物に触るほどに気を使っていた。村上千代、檀上妙《たえ》は若いころから自分で戦場に志願していた。二人の父親や兄たちはいずれも戦場に志願して出征していた。いうなれば軍人一家であったためか、幼いころから従軍看護婦になることを夢に持っていた。

また本人たちは長年にわたって、戦場での修羅場を幾度ともなく過ごしていたためか、傷痍軍人たちには頼られる存在であった。

四人の看護婦たちは、いつも着替えがあるわけではないが、汗と泥と血が混じった看護服を、身だしなみを大事にしているため清潔に洗濯をして着ていた。

傷痍軍人たちは身体の傷、片足をなくした者、手をなくした者たちを含めて、ほとんどの兵士は心にも傷を負っていた。

特に心と身体に傷を負い、赤紙で招集された若い者たちからは、四人の看護婦をまるで母か姉のように慕っていた。

ベトナム行きを決意した者たちは、師団司令部にあったトラックに、可能な限りの武器弾薬をのせてプノンペンを後にした。その中には軍医の西岡が用意した野戦病院の医療品、薬剤、外科手術用の道具などを積み込んでいた。医療品の多くはフランス軍から没収したものであった。

トラックが司令部から出発しようとした時に、トラックの助手席に乗り込んでいた石井は思わず被っていた略帽を脱いで敬礼をした。

トラックの周りには第五十五師団の参謀を含めて、多くの将兵がまるで観閲式の式典のごとく集まり、敬礼をして立っている。師団長の姿もあった。

石井と同行する者たちもトラックの荷台から、一斉に立ち上がり敬礼で答えた。その中には軍医の西岡を含めて四名の従軍看護婦も立って敬礼をしていた。

石井少佐たち二十名がベトナムに向かった季節は、ベトナムでは過ごしやすい乾季に入る十月のある日であった。それまでの雨季での生活はゆだるような暑さで、日に一回は降る雨は、怒涛のような強烈な雨である。雨が上がりの時になると、今度は湿気が襲いかかる。

プノンペンからメコンデルタのカントーまでは二百キロの道のりである。

乾季のためかさわやかな日差しに包まれてのベトナム行きであった。そのためか二十名の者たちは、悪路を進むトラックの上では割と元気でいた。

そのころ石井少佐に声をかけた井川省少佐は、明号作戦でフランス軍に対して武装解除を行ったベトナム中部の古都フエの部隊に所属していた。

井川少佐もまた、日本への帰国を望まず、ベトナムの独立の為に戦う決意をしていた。彼に従う者、部下の中原光信《なかはらみつのぶ》少尉を始め六十名あまりである。

中原少尉が、井川少佐に付いて来いと呼ばれて、怪訝な顔をして問うた。

「少佐殿、どこに行かれるのですか？」

少し不安げな顔をして中原少尉が井川少佐に問うた。

二人は、フランス軍から接収したルノー社の軍用車両に乗っていた。

「フエの旧王宮にある武器倉庫だ。フランス軍から接収した武器を保管している場所だ。倉庫にいる警備の兵たちに降伏するための命令を出しに行く」

と静かに車が走る前方を見ながら答えた。

しばらくすると、旧王宮にある倉庫が見えてきた。

王宮の建物から後方にある赤煉瓦で造られている、がっしりした造りの倉庫である。

倉庫の前に車が着くと、警備していた陸軍の下士官が跳んできた。

井川とは顔なじみの下士官みたいであった。

「これは井川少佐。警備隊の平本大翔《まさと》軍曹であります」

井川の傍に来て、敬礼をして立ち尽くした。

「平本軍曹、ご苦労である。ただちに警備兵全員を集合させてくれ」と井川少佐が告げると、

「は」と答えて全員を集合させた。

全員が集まったところで井川少佐が、

「これより、命令を伝える。みな存じているだろうが日本は連合国に無条件降伏をした。よって全員ただちにこれからダナンに向かい、連合国の中華民国の軍が帝国陸軍の武装解除をするために向かってきている。我々も武装解除の上、祖国日本に帰る」

大声で叫ぶと、兵士たちの間に溜息か、安堵の声かが聞こえてきていた。しかし中には嗚《お》咽《えつ》に近い声を忍ぶように出していた者もいた。すると井川少佐が、

「皆、悔しいのはよくわかる。しかし戦争に負けた以上、潔《いさぎよ》しとするのが日本男児である。では各自、自分の持ち物だけを持って直ちに撤収する」

と言った。

井川少佐はなぜかさっぱりとした顔をしていたのが、中原少尉にとって印象的であった。

「それから平本軍曹、フランス軍から押収した武器弾薬の倉庫は、施錠せずに放置しておけ」

と命令を下した。

「施錠をしないのでありますか?」

平本軍曹が、再度確認のため怪訝な顔をして復唱すると、

「そうだ」

井川少佐は、平本軍曹の顔を、笑みを浮かべて言った。

平本軍曹は、笑みを浮かべていた井川少佐の顔を見て、井川少佐の意図《いと》が理解したようであった。

そして大きく頷き、

「ただちに自分たちの私物のみ持参の上、ダナンに向けて出発する」

兵たちに告げた。

平本軍曹以下警備兵たちが二列縦隊で行進しながら、倉庫から離れたのを確認して、井川少佐は、中原少尉に、

「では我々も帰るとするか」

と呟いて、車に乗り込んでいった。

井川少佐の元で勤務していた平本軍曹は、平山祥大少尉の弟であったが、兄が好きで兄と同じく陸軍幼年学校を卒業して、井川少佐付の従兵として勤務していた。


倉庫の周りには、ベトナム人たちの群衆が遠巻きにして、日本軍の一連の動きを確かめるように見ていたが、日本軍がいなくなったことを確認した後、幾人かの目の鋭い男たちが、一斉に駆けだして倉庫の後方に広がるジャングルの中に消えた。

夜間、数千丁に上る小銃、数十丁の機関銃、幾門かの大砲、迫撃砲と弾薬が倉庫から運び

出されて、ベトナムの解放戦線、すなわち、ベトミンの手に渡った。

井川少佐と中原少尉は、フエにあって撤退した陸軍の司令部跡に、どうしても残ると言って聞かない平本軍曹以下数十名の残留兵士たちと共にいた。


メコンデルタに展開していた石井少佐たち二十名あまりの一行は、ベトミンの中央委員会のグエン・ソン将軍と会った時、正式に残留日本軍の兵士たちは、ベトミン軍に志願をした。


その後、再びベトナムを植民地としようとする米英の支援で、新たな精鋭のフランス軍がベトナム各地で襲ってきた。

石井卓雄と二人の軍曹と軍医西岡と従軍看護婦たちは、メコンデルタを転戦していたが、カントーの村で石井は村の娘と恋仲になって結婚した。

石井はよく夕刻になるとメコンデルタの脇の水田の傍を通る雑草が茂っている小道を、仲睦まじく夫婦二人で歩いている姿を見られていた。

メコンデルタの中心の都市として存在していたカントーに石井たちは、ベトミンと合同で本部を設置して、きたるフランス軍との戦闘に向けて訓練に明け暮れていた。

石井と一緒に行動を共にした兵士たちは、それぞれメコンデルタの村々に二名から三名単位で派遣されて、まったく軍事経験のない村人に軍事教練を行った。

しばらくたったある日のことである。

石井を訪ねて多賀と園尾の両軍曹がカントーの村を訪ねてきた。

二人のただならぬ気配に石井は、家ではなく村はずれの脇道の少しばかり盛り上がった場所に腰を掛けた。そして多賀と園尾も水田を眺めるようにして座った。

「石井少佐殿。少しばかり聞きたいことがあります」

多賀は思いつめた顔をして、石井に問うた。

石井は何事かのような顔をして首を傾けた。

「何事か?」

多賀が唾を飲みこんで一気に口を開いた。

「実は、ベトミンのことであります」

「ベトミンがどうした?」

「わたくしたちはベトミンは独立を目指すベトナムの民衆のための組織と聞いていましたが、よく聞くと共産主義者ではありませんか?」

「それで?」

「我々は共産主義者のために戦っているのですか?」

「確かにベトミンという組織は共産主義者の集まりだ。ホーチミンという人物が頂点にいる。しかし我々はあくまでベトナムの独立を成し遂げるために現地に残って、我々の軍事技術を教えることと、一緒に戦うことが我らに課せられた目的であると思っている」

「しかし……」

「確かにお前たちの心配は理解できるが、本当に共産主義を選ぶかどうかは、ベトナムの人々が選ぶことである。我々残留日本兵は真にベトナムの独立を達成することが大いなる大義である。たとえベトナムが共産国家になった場合でも、それはベトナムの人々だけが選択できることで、我々にはその選択の権利はない」

石井のはっきりとした口調と力強い言葉に、二人は頷いた。

「分かりました」

多賀と園尾はお互いを見つめて、石井に伝えた。

石井が立ち上がり二人の傍に近づいて、二人の肩を抱くようにして口を開いた。

「真にベトナムが独立して、我々は生きて日本に帰ろう」

二人はゆっくりと首を縦に振った。


石井は二人が納得した顔をしたときに、目を転じて村の小屋に見つめた。

三人の話し込んで過ごした村はずれの小道は村に通じている。

「このベトナムの村はなぜか懐かしく感じるのは俺だけか」

独り言のように話す石井の言葉に園尾が答えた。

「ベトナムの村は、日本の村と一緒で川沿いに建てられています。確かに竹が豊富なために屋根は竹の葉で覆われて柱も竹が多いですが、日本の風景と一緒の感じがします。また親戚の付き合いも日本と一緒ですね。何かあると親戚で親身になって解決している」

感慨深げに口を開いていた。

すると、三人のいる虚空に赤とんぼが回っていた。それも三十匹はいた。トンボを見ながら多賀が笑いながら口を開いた。

「ベトナムのトンボは、バタバタと忙しく回っているな。日本のトンボはゆっくりと飛ぶが、トンボがいるのは日本と同じですね」

トンボが飛んでいるのを見ながら石井は声を出した。

「確かにこのベトナムは、特にメコンデルタの村は日本と一緒だ」

残留した日本兵の多くは、日本の田舎の村と似ているベトナムの村に愛着を感じていた。

多賀が懐かしそうにあたりを見ていると石井が言った。

「もう一つ日本と、一緒のものがある」

園尾が石井の顔を見ながら問うた。

「何ですか?」

「仏教だ。このベトナムの仏教の国だが、日本と一緒の大乗仏教だ。タイなどは小乗仏教と言って、修行するものだけが功徳を授かるということだが、大乗仏教は仏さんを拝めてれば誰でも功徳が授かるということだ。ベトナムの人々には、生活の中に日本人と同じ思いがあるのかもしれない」

石井の話を聞いていた多賀が口を開いた。

「あの竹藪を見ますと、本当にここがベトナムか日本かわからなくなりますね」

田圃が一面にある村はずれの畦道のその先には、茂っている竹藪が広がっている。

多賀は竹藪を見ながら、懐かしそうな顔をしていた。

三人はベトナムの村での漆黒闇が訪れる少し前の風景にひと時、日本を感じていた。

石井はのちにベトミン軍の筆頭顧問となって中部ベトナムのクアンガイにあるベトナム陸軍学校の設立に関わった（ベトナム軍の士官学校）。日本陸軍の軍事を教授するためである。

最初の仕事は帝国陸軍の戦闘教練を、ベトナム語に訳す仕事であった。

多賀と園尾の両軍曹は特務機関員であったことが、幸いとなった。現地語に堪能で簡単ではなかったが、戦闘教練を訳すのにはそんなに苦労もなかった。

また、実地訓練では率先してベトナムの若者たちに戦闘指導を行っていた。昼夜を問わず訓練に明け暮れていた。武器フエの故宮に隠されていたフランス軍の武器を使用しての実践訓練であった。

特に日本軍が得意とした多数の敵に対する作戦としては、敵の近くまで忍び込んでの夜襲、物陰に隠れての突然の奇襲、また、何人かで大砲を分解して、敵の近くまで運んで組み立てて至近距離で撃つか、敵の陣地より近い高い山に運んで、下に位置する敵の陣地に向かって撃つ。そしてフランス人を含む大柄な白人たちが通れないように、小柄な日本兵やベトナム兵士が通れるだけの細いトンネルを掘って、敵陣地に侵入して攻める。航空機に対してはすべての銃の一斉射撃などが、のちのベトナム戦争（アメリカとベトコン）においては、この戦闘方法がベトコン（南ベトナム解放戦線）の力となった。

園尾軍曹は、石井少佐の命令でベトナム独立戦争のさなか、ホーチミン市（旧サイゴン市）の十二区（旧アンフードン村）に赴任していたが戦死した。

園尾は二等兵に対して名前を呼ばず、常に二等兵と呼び、二等兵は園尾軍曹に対しては、班長と呼んでいた。村人は園尾に親しみを込めて班長と呼んでいた。

村人から班長と呼ばれていた園尾軍曹と石井の部下であった二等兵の二人は、アンフードン村で村の若者に軍事教練をしていたが、フランス軍がアンフードン村を流れるサイゴン川のほとりにある道路を兵力五百名あまりと戦車で攻めてきた時に、たった二人で三八式（日本軍の正式銃）小銃に銃剣を装着して、突撃して死んだ。

園尾軍曹の戦死を聞いたサイゴン市内にいた多賀が急遽駆け付けたが、すでに園尾と部下の二人は、村人によって墓標が建てられていた。

多賀が駆け付けたことを知った村人は、村長を筆頭に、「班長が死んだ」と嘆いた。

「班長は二人だけで戦死しました」

村長は何ともせつない口調で静かに言った。

「どのように戦死したのか？」

多賀が瞳に涙をためていた村長に聞くと、

「班長は村の若い者たちを逃がして、自分たちだけで、フランス軍に立ち向かった。班長と二等兵は死を覚悟していたようです」

多賀は村長の話を聞きながら、心の中で園尾の死を悔やんだ。

――園尾らしい死にざまだ。村の若い連中は戦闘経験がない者たちだ。そのような者たちを巻き添えにするのは忍び難かったのだろう。

改めて多賀は園尾ともう一人の二等兵の墓に向かって、敬礼をして両手を添えた。そして土葬にされている園尾の体の一部を自分のポケットに入れた。

アンフードン村では現在でも二人を村の守り神として墓を大事に守っている。

中原少尉と平本祥《しょうた》大少尉の弟の平本軍曹と多賀軍曹は、（北ベトナム）ベトナム民主共和国の成立後、フランス軍との停戦が成立した時、無事日本に帰っている。

軍医であった西岡と従軍看護婦の林貴江、村上千代、檀上妙《たえ》、園尾千恵もこの時に帰国を果たした。

園尾千恵の看護服のポケットには長年のベトナムの生活の中で、伸びていた園尾の髪が収められていた。多賀が手渡した髪である。

千恵は引き揚げ船に乗り込む時に、長い間ベトナムのアンフードン村の方向を、瞳に涙を浮かべて、勇二の面影を追うように見つめて佇んでいた。

石井卓雄少佐は、フランス軍との交戦中、フランス軍が敷設していた地雷によって戦死した。

井川省少佐も中部ダナンで戦死をしていた。

二人は昭和二十四年に最後の英霊として靖国神社に祀《まつ》られた。

井川省少佐は、茨城県水戸市の出身である。

石井卓雄少佐の故郷は、広島県福山市である。

石井を顕彰《けんしょう》する遺影は、旧陸軍五十五師団の流れを組む四国、香川県善通寺にある陸上自衛隊第十四旅団の駐屯地の敷地の建物にある。

残影_{エピローグ}

それぞれの戦後

黒木の戦後

黒木は中国の華南から無事引き揚げ船で舞鶴に着いて、舞鶴から一人で歩いて故郷の但馬の出石町に帰った。

そして、斉藤隆夫の口利きで、横浜正金銀行がGHQすなわち連合国軍総司令部の元で解体され、新たに外国為替を主とした銀行として東京銀行が設立されたのを聞いて就職をした。

生き残った多くの横浜正金銀行の者たちも、東京銀行に就職していた。

専門性の高い外国為替業務のスペシャリストは、横浜正金銀行の行員しかいなかったからである。

そして、東京銀行の外国為替部門で働き、晩年には外国為替部門の取締役に就任していた。

ある日、新聞記者が、黒木を訪ねてきてインタービューが始まった。

取材の目的は、外国為替の動向であったが、取材の途中で戦争の話になって行った。

どうして戦争を日本が始めたのかと言う質問を、経済と金融の面で話が聞きたいとの趣旨であったが、黒木の話は政治の話になった。

黒木は、即座に答えた。

「戦前の政治家のほとんどの者が、意気地がなかったのが原因です。多くの政治家の者は問題解決から逃げたのが最大の原因でした。だから軍部の独走を許す結果になったのです。しかしその中で、斉藤隆夫先生だけは、一人で反軍と戦争反対を堂々と述べられていました。そして昭和十七年の選挙はまさに選挙民も戦争反対の心を示した結果だと思います。昭和十七年と言えば日本がまだ勝っていた時期なのでしたが、表だって、戦争反対と言えば非国民だと言われた時代でしたから」

と答えている。

黒木のいた東京銀行は、のちに三菱銀行と合併して今は三菱ＵＦＪ銀行となっている。

石原莞爾を庇って特高に逮捕され、拷問を受けた豊岡市の出石町の出身で立命館の学生であった大橋健吾は、学徒動員で外地の戦線に出征していたが、無事復員して斉藤隆夫の秘書として活躍していた。

望月新之助少尉の戦後

陸軍特務少尉であった望月新之助少尉は、上海に残ったが中国での国共内戦のため、上海に迫って来ていた八路軍から逃げるため、上海を脱出して船で妻の美麗と息子の正文と共に台湾に逃げた。

台湾で平穏な日々を過ごしていたが、戦後一度だけ望月新之助の名前が、取り出されたことがあった。

元支那派遣軍総司令官岡村寧次《おかむらやすじ》が率いる総勢九十名あまりの元日本陸軍将校たちが、終戦時の日本人の帰国に関して、安全に帰国を保証した蔣介石の恩に報いるために、蔣介石の呼びかけに答えて、昭和二十四年に密かに日本を密出航して台湾に渡って、通称白団《ばくだん》と呼ばれていた中華民国への軍事顧問団を結成して、中華民国軍の育成に寄与した時に、望月も参加して軍事訓練の指導をしていた。

白団の活躍により台湾での中華民国軍の力は向上し、台湾侵攻を計画していた人民解放軍の動きを牽制することができた。

彼らの実力が発揮された戦いは、中国本土の廈門《あもい》に近い金門島で始まった。

更に元駐蒙軍司令官であった根本博《ねもとひろし》中将も、同じく蔣介石の恩義に応じるために、日本から密出国して金門島の防衛に取り組んでいた。望月も金門島に出向き、根本とともに防衛に力を出していた。

根本は終戦時に内モンゴルに駐屯していた時に、終戦後侵攻を止めないソビエト軍とソビエト軍の傀儡であった共産党八路軍の攻撃から、蒙古聯合自治政府内の張家口付近に、滞在していた在留邦人四万人を救っていた。

一部隊をしんがりとして残して、ソビエト軍と共産党八路軍からの攻撃には、陸軍兵が対応して反撃を行い、残りの兵士たちは張家口から在留邦人四万人が、歩いて北京へ向かう行列を守りながらであった。

無事に在留邦人四万人が日本への帰国の途に就くために、北京から中国大陸からの引き揚げの拠点であった葫蘆島《ころとう》に着いた時に、根本は正式に中華民国の兵士に武装解除に応じた。

ある日の明け方に中国人民解放軍が、百二十隻のジャク船で金門島に上陸した。その前の夕刻からは大陸からの砲撃が休みなく撃ち込まれていた。

大陸の厦門と金門島は海峡を挟んで二・一キロしか離れていないため、砲撃は日常のことであった。お互いに砲撃の応酬が連日連夜行われていた。

「根本閣下。この金門島にはいずれ共産党軍が攻めてきますよ」

金門島では大陸からの砲撃に耐えられるように洞窟を掘って、百五十五ミリ砲を配備していた。

大陸からの砲撃があれば、即座に反撃をするために大砲を撃っていた。

望月は洞窟の中で、根本を含めて白団の旧日本兵たちと共に作戦を練っていた。

「望月。その時はどのようにして迎え撃つつもりだ？」

根本が望月に問いかけた。

「敵は水際で我々が迎え撃つと思っているようです。昔の伝手で大陸にも私の協力者がいます。その者からの情報です」

根本は望月の答えに笑みを浮かべた。

「そうか。貴様は陸軍中野学校出身で特務機関の者だったな。さすがだ。大陸に協力者を置いて、敵の動きを探るとは」

根本は感心した様子で口を開いた。

「敵の上陸は黙って見過ごしましょう。島の内部に誘い込んで一斉に反撃をする作戦が良いと思います。敵は水際に我々がいないことに安心して、油断すると思います。敵が島の内部に入った段階で乗ってきた船を焼きます。但し何隻かは残します。敵が逃げるようにしておきます。その方が全部の船を焼くよりかは効果的です」

望月が一気に作戦の内容を喋ると、根本を含め白団の旧日本兵は納得して頷いた。

「よし、望月の作戦で行こう」

根本が断定した口振りで決定した。

「敵が攻めてくる日時は、共産党軍を監視しています協力者から、無線で情報が入ります」

作戦会議が終わりかけた時に、白団の旧日本兵の一人が望月に問うた。

「望月さんはどうして、人民解放軍を共産党軍と言われるのか？」

望月はとっさに質問してきた者の意図が分からなかったから、しばらく口を閉ざしていた。

——お互い中国大陸で戦った仲ではないのか？　意味が分からぬ。知っているのにわざと聞いてきたのか？

それからしばらく考えて答えた。

「大陸の中国人民共和国は、中国共産党の指導の国です。つまり国より上にあるのが党です。また軍隊は人民解放軍と今は言っていますが、昔は八路軍と言っていました。すなわち人民解放軍は中国人民共和国の軍隊ではなく、中国共産党の軍隊であります。でありますから、俺はいつも彼らのことは共産党軍と言っています。つまり分かりやすく言えばドイツの親衛隊と一緒です。ナチス親衛隊はナチス党の私兵で、ドイツ国防軍の配下ではありません」

「なるほど国の軍隊ではなく、党の軍隊なのですか。つまり大陸の国は普通の国ではないのですね。わたくしは戦時中華南にいたので、八路軍も知らなかった」

質問してきた一人の旧日本兵は、納得した顔をして言った。

その後は雑談でお互いの戦争中の話で、真夜中まで続いた。


その日がきた。

明け方に二千余りの人民解放軍が上陸をしてきた。根本と望月は作戦会議通りに、敵を島の内部に誘い入れて殲滅《せんめつ》する作戦を実行した。

望月は島に上陸をした人民解放軍が島の奥に進んだことを確認して、乗ってきたジャンク船を、数名の中華民国兵と共に火をつけて焼いた。船を失って狼狽している人民解放軍に、島の奥に潜んでいた民国兵は、一斉に攻撃をかけた。

多くの戦死者を出した人民解放軍は、撤退を余儀なくされて、それ以来一度も攻めてはこなかった。

そして、朝鮮戦争が終わったのち白団は二十年余り台湾に常駐し、中華民国軍の実力向上に寄与することになった。

そのために、中華人民共和国と中華民国の間では大規模な衝突はなく、微妙なバランスの上ではあるが、平和を現在に至るまで保っている

佐藤中尉の戦後

海軍陸戦隊の佐藤中尉は、サイパン島から大場大尉と共に帰国を果たし、愛知県蒲郡市の出身であった大場大尉の紹介で、トヨタ自動車販売に就職してアメリカでのトヨタ自動車の販売担当としてアメリカに駐在しながら活躍していた。

佐藤がアメリカに渡った昭和三十年当時に、トヨタ自動車は初めてアメリカに自社の車を輸出した。

車種は、全幅一・六八メートル全長四・二八五メートル排気量千五百リットル、最大時速は百キロのトヨペットクラウンである。

ところが、最初から佐藤を含めアメリカ在住のトヨタ社員を、悩ます故障が相次いでいた。アメリカ社に比べ内装、性能などは遜色なかったが、パワー不足とボンネットが、高速道路

の運転中に突然開いてしまうトラブルであった。

原因は、ボンネットの留め口にあったのだが、今までの車のボンネットは後ろ開きのボンネットであった。

しかし、アメリカ製の車は全て前開きのボンネットを採用していたから、トヨタでも前開きのボンネットを設計して輸出を行っていた。

佐藤はこのボンネットの問題は技術的な問題として、トヨタ自工に対して技術者のアメリカへの派遣を要請した。

技術者たちが高速道路でテスト走行を行って、

「佐藤さん。分かりました。アメリカの高速道路ではスピートが出るために風圧に対してボンネットの留め口が負けています。帰り次第に設計し直して、風圧に負けない留め口を作ります」

トヨタ自工では、工場で試験走行を行っていたが、高速道路での耐久試験は行われていなかった。

日本にはまだ高速道路ができていなかったのである。

また、テスト走行を行う試験場も完備されていなかった。

ある日、技術者たちの一人が、

「佐藤さん。佐藤さんはどうしてアメリカにこだわるのですか。日本の国内でもトヨタの車は充分売れますよ」

技術者の問いに佐藤は、

「日本でもいずれ高速道路ができる。今アメリカでトヨタ車が売れれば、世界に売れる車になる。それに…」

と言って、佐藤は少し表情を引き締めた。

「仇打ちだ」

佐藤の答えに、技術者の一人が、

「仇打ち？」

と思わず不思議な顔をして繰り返した。

「そうだ。死んでいった戦友の仇打ちだ。戦争では負けたが商売では勝つつもりだ。アメリカの市民にトヨタの車を売る。そのためには車の先進国のアメリカ市民が納得する車でなくてはならない。それからアメリカへの輸出は儲かるからな。今の日米の為替レートは一ドル三百六十円の固定相場制だ。この事は日本にとってありがたいことだ。アメリカに輸出を多くすれば日本の国力は確かなものになる。戦前は、輸入の方が多かったため日本は戦争に向かった」

佐藤がトヨタ自工の技術者に説明したとおり、日本での高速道路が名古屋と神戸の間に作られたのは昭和三十一年の名神高速道路が初めてである。

それ以前の日本の国道の舗装率は二十三%であり、地方の県道を含む道路に至ってはわずか十%であった。

国道のことを酷道、県道を険道、市道を死道と日本では言われていたのであった。

事実、日本で高速道路の計画が建設省で検討されたが、いかんせん資金がなく、世界銀行からの二百八十八億円の融資で実行された経過がある。

アメリカ統計学会の会長のラルフ・J・ワトキンスが日本に世界銀行の委託を受けて日本の道路事情の視察に訪れた時、

「世界の工業国においてこれほど完全に道路行政を無視した国は日本のほかにはない」と日本での調査を終えて世界銀行に提出したいわゆるワトキンスノートに書いている。

東名高速自動車の開通は、昭和四十四年まで待たなくてはならなかった。

後年、トヨタ自販とトヨタ自工は合併しトヨタ自動車となったが、佐藤は、アメリカトヨタの役員として活躍した。

佐藤中尉と一緒にサイパン島で在留邦人の保護をしながら、アメリカ軍と戦った大場大尉の活躍は、後年、太平洋の奇跡、フォクスと呼ばれた男として映画化された。

津野田少佐の友人であった水上源蔵少将に死守を命令した、第三十三軍作戦参謀辻政信大佐は終戦後、タイの僧に扮して逃げ隠れて日本に帰っていたが、戦後ラオスで行方不明になっている。人を人とも思わない命令に、日本兵から恨みを買っていたので、残留日本兵によって殺されたとも伝わっている。また一説に雲南で中国共産党の手先として、活動していたために殺されたとも、また現地の犯罪組織に殺されたとも言われている。

影佐禎昭は東條英機から日中和平を勝手にしたとして、満洲の砲兵隊に転属となっていたが、のちにラバウルの師団長として赴任していた。

そしてラバウルで終戦を向かえてから帰国した。

帝国軍人として連合国の東京裁判の戦犯に問われることはなかった。

開戦前の日米和平交渉および日中和平への取り組みが判明したからである。

自由民主党の第二十四代総裁である谷垣禎一は、影佐禎昭の孫であり、名前の一字は影佐禎昭から命名されていた。

影佐禎昭は広島県福山市柳津町の出身である。

岩畔豪雄はインド独立運動に関与したことについて、イギリス軍は身柄の確保をＧＨＱに要請したが、米国のコーデルハルが日本軍人の戦犯指名されたノートに、岩畔豪雄の名前があるのを見つけて、マッカーサーに命じて拒否させた。

岩畔はその後、戦後の混乱から日本を再建するには若い人の教育が必要として、京都産業大学を創立して、教育界の第一線で活躍した。もちろん平本も岩畔と再会したのちに、京都産業大学で教鞭をとっていた。

平本は終戦時タイのバンコクにいたが、無事に帰国を果たした。

岩畔の出身地は、広島県呉市倉橋島である。

ビルマのアウンサンは昭和二十二年に同じビルマ人に暗殺された。アウンサンはミャンマーのスーチン氏の父親である。

台湾にいた中華民国の何応欽将軍は終戦時において、中国大陸から無事に日本人を帰国させたことで、日本政府は勲一等旭日大綬章を授与している。

平成二十九年三月

天皇陛下と皇后陛下がハノイを訪問されて、ベトナム残留日本兵の家族と面会された。

天皇、皇后両陛下は現地に残された家族たちと面会されて、残された妻と子供たちの想像を絶する悲しみと、苦労に触れられて寄り添われた。

六百名ものベトナム残留日本兵たちは、自分の意志でベトナム独立戦争に参加していたが、北ベトナムが独立を果たして、フランス軍との停戦が成り立った時に、日本に帰国したのは三百名あまり、残りの三百名は現地で戦死している。

帰国した三百名の残留日本兵の中で結婚した者たちの妻、子供たちは一緒の帰国が認められず、泣く泣く現地に残った。家族が引き裂かれた。

そしてベトナムは北ベトナムと南ベトナムに分かれて独立を果たしたが、その後に南ベトナムを支援する米国によって、壮絶な米国との戦争が起きていた。いわゆるベトナム戦争である。

統一されたベトナムが成立したのは、ずっとのちの昭和五十一年（一九七六）のことである。

石原莞爾の戦後

石原莞爾は、戦後も病気療養のため地元の西山農場にいた。

連合国の東京裁判に参考人として、特別に設置された秋田県酒田市の特別法廷に出席をしていたが、アメリカ人の検事から、

「貴方は、東條英機と意見の対立があったというが本当か」

と尋ねたが、石原莞爾は、

「意見の対立とは、お互いに意見を持っている者同士が行う事で、俺は主義主張を持っているが、東條上等兵は何も持ち合わせていなかった。よって意見の対立などない」

また、石原に今度は別のアメリカ人の検事が質問した。

「今度の戦争で一番悪い者は誰と思うか？」

石原は、語尾を荒げて口を開いた。

「それは、お前の所の大統領だ。すなわちルーズベルト大統領とトルーマン大統領が一番悪い。

ルーズベルトは日本が戦争を仕掛けるように、日本が受け入れられない無理難題の条件を提示して戦争をするように細工した。その上大東亜戦争後半には、何も罪のない日本国民に対して無差別空襲と、挙句の果てにはトルーマンは広島と長崎に原爆を投下して殺した。この罪は神をも恐れぬ蛮行である」

と、捲《まく》し立てた。

その後、石原は肺炎にかかり昭和二十四年に死亡した。

石原莞爾の出身地は、山形県鶴岡市であった。

四方陸軍憲兵隊長の脅しに屈せず、東條内閣辞任の引き金を引いた岸信介は、戦後第五十六代内閣総理大臣に就任した。

興亜院で望月新之助の上司であった大平正芳は、戦後大蔵省に戻り、後に政界に進出して第六十八代内閣総理大臣になった。

樋口季一郎は、終戦時札幌の第五方面軍の司令部にいた時に、ソビエトのスターリンから戦犯指名を受けた。

しかしGHQのマッカーサー将軍により拒絶された。

上海からアメリカに渡ったユダヤ人たちからの強い要請が、マッカーサー将軍になされていた。

スターリンが樋口と堤に関してのちに語った言葉が、文章としてロシアのモスクワにある国立社会政治史文書館に残っている。

「樋口と堤の二人の将軍がいなかったら、我々ソビエト軍は北海道に侵攻して占領していたであろう。いったん占領してしまえば、アメリカ軍が何を言っても問題にならない。北海道を占領さえしていれば、後の日本列島は共産革命で赤化することは容易い。そして今頃は、日本は共産国家になっている。そうなればソビエトは太平洋に確実な不凍港の足場を築くことができた。しかし残念ながら北海道は占領するまでに、時間がかかりすぎた。すべて樋口と堤のせいだ」

のちに樋口はユダヤ人の保護に力を入れたことで、イスラエル政府から正義の人と呼ばれている。

樋口季一郎は兵庫県淡路島の生まれである。

そして堤不坐貴《ふさき》師団長は、山梨県の出身である。


安江仙弘陸軍大佐は、大連の司令部において満洲に侵攻してきたソビエト軍により、捕まりシベリアのハバロスクの収容所で歿した。

彼は、多くの関東軍の高級将校が逃げていたにも関わらず、在留邦人の保護を優先さすために、捕まることを覚悟して大連に留まっていた。

彼は、

「このようになってしまったことは我々軍人の責任である。一人でも多くの満洲からの引き揚げ者を助けなくては申し訳がたたない。またそのような不遇な環境にいる民間人を残して一人帰ることはできぬ」

と傍にいた桜井少尉に言った。

思わず桜井は息を呑み込んで頷いた。

安江は秋田県秋田市の出身である。

安江は後年、士魂（武士の魂が宿す）を持った最後の将校として名を残している。

そして樋口季一郎と同じく、イスラエル政府から安江も正義の人の称号を与えられている。

東條英機暗殺を実行した桜井は、日本国内から逃げて上海に行き、安江機関のあった大連に留まっていたが、安江とともにソビエト軍に捕まって、シベリアで抑留された後、無事に日本に帰国を果たした。

同じくシベリアに抑留されていた宮本は、収容所で歿した。

嵯峨の浩と娘の嫮生を、望月新之助と共に上海で最後の引き揚げ船に乗せて、救出した田中徹雄は、戦後、故郷の山梨県に帰り、後年には山梨県の副知事として活躍をした。

日本国の財務省にある一般会計の帳簿には、旧臨時軍事費借入金として、未だに四百十四億二百十九六万十円の借入金が残っている。

東條英機暗殺未遂事件については、旧大日本帝国の政府公式記録には、暗殺が計画されたとしか記録されていない。

黒川十蔵（くろかわ　じゅうぞう）

著書『幕末を呑み込んだ男　小説五代友厚』（産経新聞出版、平成 25 年 10 月 29 日）
『女は沖を漕ぐ』（カストリー出版、平成 29 年 4 月 10 日）
『海武士の詩』（幻冬舎、平成 29 年 9 月 12 日）
『享保に咲く』（幻冬舎、平成 29 年 12 月 1 日）
座右の銘　名もなき英雄の物語を書く
信条　書きたいときに書きたい物語を書く

封印された密命
小説 大東亜戦争秘話

令和元年七月二十五日　第一刷発行

著　者　黒川　十蔵
発行人　荒岩　宏奨
発　行　展　転　社

〒101-0051 東京都千代田区神田神保町2-46-402
TEL　〇三（五三一四）九四七〇
FAX　〇三（五三一四）九四八〇
振替〇〇一四〇-六-七九九九二

印刷製本　中央精版印刷

定価［本体＋税］はカバーに表示してあります。

ISBN978-4-88656-486-3

てんでんBOOKS

[表示価格は本体価格（税抜）です]

天皇と国民をつなぐ大嘗祭　高森明勅

●大嘗祭の歴史と全体像を提示し、国民の参画は大嘗祭の最も大切な契機であるという視点から、大嘗祭の真姿に迫る。1600円

大東亜戦争の開戦目的は植民地解放だった　安濃豊

●大日本帝国は開戦時に「政府声明」を発表し、開戦目的の一つがアジアの植民地解放であることを明確に謳っていた！1400円

フリーダム　江崎道朗

●わが国に真の自由（フリーダム）を取り戻せ。国際情勢と戦後史をふまえながら、日本再建の道を示す渾身の一書！　1500円

朝鮮総連に破産申立てを！　加藤健

●国民は血税1兆3453億円以上も負担させられた！朝鮮総連を震え上がらせる方法として、破産申立を提唱する。1700円

東條英機は悪人なのか　鈴木晟

●軍国主義者・独裁者として悪罵の限りを浴びて来た東條英機。斯様な人物であったのか。その実像に真正面から挑む。1800円

東京裁判速記録から読む大東亜戦争　亀谷正志

●日本を裁くことを前提に開廷された極東国際軍事裁判。東京裁判の速記録を辿り、大東亜戦争の真実を読み解く。2800円

漫画版 モスグリーンの青春　磯米

●赤江飛行場から飛び立った特攻隊員との出会いと別れ。あの時代に生きた青春の記録を全篇オールカラーで漫画化。1500円

大東亜戦争への道　中村粲

●開戦に至る道程を明治の始めから巨視的かつ克明に辿り、歴史の真相を解明する大東亜戦争論の決定版。3800円